KB088220

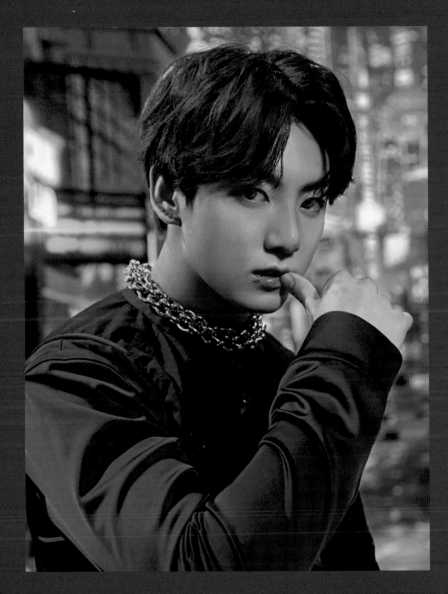

7 FATES
CHAKHO
WITH BTS

7 FATES
CHAKHO
WITH BTS

7FATES
CHAKHO
WITH BTS

7FATES
CHAKHO
WITH BTS

7FATES
CHAKHO
WITH BTS

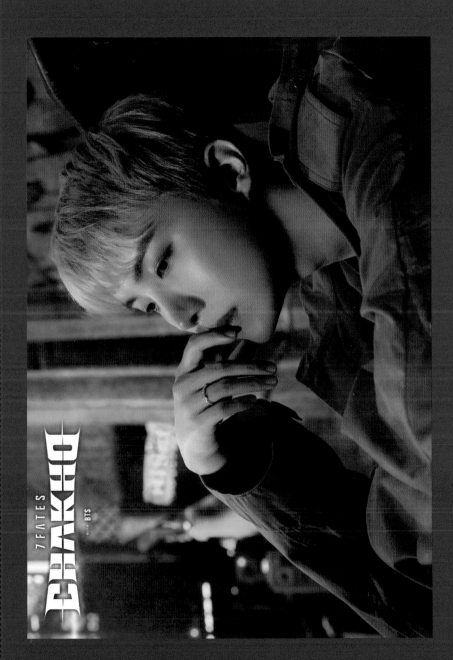

7FATES
CHAKHO
WITH BTS

7FATES

CHAKHO

WITH **BTS**

기획/제작
HYBE

공동기획

7FATES

CHAKHO

WITH **BTS**

6
WEBNOVEL

학산문화사

차례

제64화

결의 part 1

호랑나비 본부는 7구에 있는 번듯한 건물이었다.

범이 인왕산에서 내려오기 전에는 커피숍과 패밀리 레스토랑 등이 입점해 있었는데, 신시가 혼란스러워지면서 동철이 인수했다고 했다.

"내가 이 근처를 지나다닐 때마다 죽기 전에 이 건물 하나는 갖고 싶었었거든. 그때는 평생 일해도 건물 하나 갖기 힘든 처지였는데, 범 덕분에 나도 건물주가 되었다고 해야 하나?"

동철은 생각보다 말이 많았다.

이곳에 오는 내내 제하는 동철이 어떻게 살아왔는지, 어떤 소망을 갖고 있었는지 알게 되었다.

착호 일행보다 동철에 대해 아는 게 더 많아질 때쯤, 그들은 호랑나비 본부 지하 1층에 도착했다.

"원래 여기에 패밀리 레스토랑이 있었는데……."

계단이 있는 비상구를 나오자마자 보이는 문은 아직도 패밀리 레스토랑일 때의 분위기가 남아 있었다.

제하도 이곳에 있던 패밀리 레스토랑에 한 번 와본 적이 있기에 감회가 새로웠다.

예전에 패밀리 레스토랑은 즐거워 보이는 사람들이 앉아서 식사를 즐기던 곳이었는데, 이제는 범 사냥꾼들의 본부가 되었다.

그때의 아늑함과 즐거움 같은 건 어디에서도 찾아볼 수가 없었다.

"들어가지."

동철이 문에 손을 가져갔다.

착호는 아직 완전히 동철을 믿는 게 아니기에 긴장한 채로 문이 열리기를 기다렸다.

그리고.

"뭐야? 정말 데려온 거야?"

"와, 착호네. 진짜 왔네?"

"아, 정말 몇 시간을 기다렸는지 알아?"

그 안은 비어 있지 않았다.

얼추 확인해도 쉰 명이 넘는 범 사냥꾼들이 여기저기 늘어지듯 앉아 있다가 착호가 들어오자 벌떡 일어났다.

착호는 이게 무슨 일인지 알 수 없었기에 무기를 단단히 쥐고 동철의 뒤통수와 언제 공격해올지 모르는 범 사냥꾼들을 번갈아 쳐다봤다

동철은 긴장한 착호를 보며 피식 웃었다.

"왜? 이놈들이 너희를 공격이라도 할까 봐?"

"의심할 만하잖아. 그동안 한 짓이 있는데."

"아, 그렇지."

동철이 쓴웃음을 짓더니, 턱으로 범 사냥꾼들을 가리키며 말했다.

"그런데 이번엔 아니야. 아까도 말했지만 지금은 우리가 잡아야 하는 게 범이 아니잖아. 하물며 인간은 더더욱 아니고."

"그럼…… 이 사람들 전부, 그 괴물이 있다는 걸 믿고 온 거라고?"

제하의 질문에 동철이 가볍게 고개를 끄덕였다.

범 사냥꾼들은 말없이 착호를 응시하고 있었다. 착호를 보는 그들의 눈동자는 비장하게 빛났다.

꿀꺽-

제하는 마른침을 삼켰다.

신시에 범이 나타났다.

범과 싸우는 동안, 정체를 알 수 없는 괴물이 뒤에서 은밀하게 움직이고 있었다.

간신히 범과 화해할 길을 찾았다 생각했더니, 누군가의 이간질 때문에 범에게 쫓겨 고립되는 상황에 처했다.

어디서부터 어떻게 시작해야 좋을지 알 수 없어서 눈앞이 캄캄했다.

그런데 지금은······.

'어떻게든.'

할 수 있을 거란 생각이 든다.

'무엇이든.'

해 볼 수 있을 거란 자신이 생긴다.

그런 제하를 보며 동철이 물었다.

"이제 우리가 뭘 해야 하지?"

표리는 신시의 땅밑을 지나가는 지하수로에서도 한참 더 깊은 곳으로 향하는 길을 따라 내려갔다.

고대에 신시 밖으로 쫓겨났던 두두리 일족이 오랜 시간을 들여서 은밀하게 파낸 길은 두두리 일족만이 알고 있었다.

마치 개미굴처럼 여기저기로 뻗은 길은 잘못 들어오면 평생 헤매도 못 빠져나갈 만큼 복잡했다.

어두운 길을 따라서 한참을 내려간 끝에 표리는 두두리 일족이 살아가는 땅밑 세계에 도착했다.

상당히 넓은 굴에는 고대의 향취를 느끼게 하는 여러 건물이 지어져 있었다.

신시 위에 사는 인간들은 자신들의 땅 깊은 곳에 이런 공간이 있다는 걸 전혀 모를 것이다.

표리는 잠시 멈춰서 두두리 일족의 마을을 둘러봤다.

'평소보다 조용하네.'

땅 밑 깊은 곳에서 몰래 살아가고 있긴 하지만, 범이 신시로 내려오면서 두두리 일족도 위험해진 건 마찬가지였다.

해가 들지 않아 아무것도 나지 않는 지하 세계를 살아가려면 지상에서 나오는 음식이나 생필품 같은 것들이 필요했다.

평생 햇빛을 받지 않고 살아갈 수도 없기에, 정기적으로 지상에 올라가서 햇볕을 쬐기도 해야만 했다.

지상이 위험하면 지하도 당연히 위험해질 수밖에 없다.

인왕산 범바위의 결계가 깨지면서 흘러나온 힘.

인간들이 고대의 힘을 되찾은 것처럼 두두리 일족 중에도 고대의 힘을 되찾게 된 자들이 있었다.

옛날처럼 힘이 깃든 무기를 만들 수 있게 된 두두리 일족 중 몇 명은 표리처럼 지상으로 올라가 비어 있는 집에서 살기 시작했다.

지하에서 살아갈 수밖에 없던 두두리 일족에게 지상의 삶은 소망이자 꿈이었기 때문이다.

처음에는 좋았다.

근사한 무기를 가져다주는 두두리 일족을 무기상들은 무척이나 반겼다.

많은 돈을 벌었고, 필요한 걸 부족함 없이 살 수 있었다.

이런 생활이 계속되면 언젠가는 다른 두두리 일족도 전부 지상에 올라와서 인간들과 어우러져 살아갈 수 있을지도 모른다는 희망이 생겼다.

'하지만 하나둘씩 죽어가기 시작했지.'

지상으로 올라온 두두리 일족들이 소리 없이 사라지고 있다는 걸 너무 늦게 깨달았다.

'그 괴물이 한 짓일 거야.'

표리는 장로의 집으로 향했다.

나이가 지긋한 장로는 혼자 있지 않았다. 한 여자가 장로의 품에 안겨서 울고 있었다.

표리는 그녀가 얼마 전 괴물에게 죽은 친구인 무원의 아내라는 걸 알아봤다.

심장이 쿵 내려앉았다.

"표리, 왔느냐."

"장로님. 저기……."

무원의 아내는 훌쩍거리며 일어나더니 표리를 향해 살짝 고개를 숙이고 장로의 집을 나갔다.

표리는 그녀의 뒷모습에서 눈을 뗄 수가 없었다.

"낙화가 슬픔을 이길 수 없는 모양이야. 이제 곧 아이가 태어날 테니 더 그렇겠지."

장로의 침통한 목소리를 들으며 표리는 아랫입술을 지그시 깨물었다.

무원에게는 임신한 아내가 있었다.

표리는 그런 친구가 괴물에게 잡혀 죽어가는데 도와주지 못

하고 도망쳤다.

간신히 접어뒀던 절망과 죄책감이 가슴을 새까맣게 물들였
다.

"저 때문에…….

"표리, 너 때문이 아니다."

"하지만 제가 조금만 용기를 냈어도……."

"표리."

장로가 짐짓 엄한 눈빛으로 표리를 응시했다.

"네가 용기를 냈다면 너 또한 그 괴물에게 죽었겠지. 낙화도
널 원망하지 않으니, 너도 네 자신을 원망하지 마라."

가까운 사람의 죽음은 언제나 후회를 불러일으킨다.

할 수 있는 일이 없었음에도 할 수 있는 일이 있었을지도 모
른다는 후회와 죄책감.

고개를 푹 숙인 표리에게 장로가 인자한 목소리로 물었다.

"내게 할 이야기가 있어서 온 것 아니냐?"

"아……."

그제야 표리는 친구를 위해 자신이 할 수 있는 일이 남아 있
다는 걸 떠올렸다.

그런다고 해서 무원이 살아 돌아오지는 않겠지만, 적어도

그의 아이가 살아갈 세상을 지금보다는 낫게 만들어줄 수 있을 것이다.

"무기를 만들어야 합니다."

표리의 말에 장로의 표정이 어두워졌다.

무기를 만들러 나갔던 두두리들이 사라지기 시작하면서 장로는 일족에게 무기 제작 금지령을 내린 터였다.

적어도 일족을 잡아가는 게 무엇인지 파악할 때까지는 몸을 사리라는 명을 내렸다.

"지금까지 만든 것보다 더 심혈을 기울여서 만든, 더 많은 힘이 담긴 무기가 필요합니다."

"표리, 힘이 좀 돌아왔다고 무기를 만들려다가 너무 많은 피해를 입었다. 우리 동족이 몇이나 사라졌는지 아느냐?"

"……사라진 게 아니라 죽었지요."

표리의 지적에 장로의 표정이 침통하게 가라앉았다.

"그래, 표리. 그래, 믿고 싶지 않지만, 죽었겠지. 그런데도 무기를 만들자고?"

"괴물이 있습니다."

"우리의 일이 아니다. 범도 괴물도 전부 저 지상에서 살아가는 인간들에게 닥친 위험일 뿐. 우리가 지상을 욕심내지 않는다면 위험 또한 우리를 피해갈 게다."

표리의 표정이 굳었다.

가볍게 생각하면 장로의 말이 옳았다.

지상의 일에 끼어들지 않고 지하에서 조용히 살아갈 때는 아무 위험도 없었다.

불편하기는 해도, 지상의 햇빛과 풍요로움이 부럽기는 해도, 죽어가는 사람 없이 조용히 살아갈 수 있었다.

어쩌면 괴물 역시 그럴지도 모른다.

이곳에서 숨죽이고 있는다면 그들은 두두리 일족이 신시에 있다는 것을 깨닫지 못한 채 인간들만을 죽이고 넘어갈지도.

'하지만 정말 그럴까?'

장로는 범이 인왕산에서 내려왔을 때도 동족이 무기를 만들려는 걸 말렸었다.

우리의 일이 아니라고, 이런 식으로 도움을 줘봐야 인간들은 감사한 줄 모를 거라고, 우리는 지하를 벗어날 수 없을 거라고.

그런 말로 힘을 얻게 된 동족들을 말렸지만, 일족 중에도 아직 지상을 꿈꾸는 젊은이들은 장로의 말을 무시했다.

그리고 반 이상이 죽었다.

'그때 우리가 장로님 말씀을 들었다면 아무도 죽지 않고 전처럼 평화롭게 지낼 수 있었을까?'

그렇지 않다는 생각이 들었다.

그때도 지금도 동족을 죽이는 건 범도 인간도 아니었다.

동족의 실종은 그들 때문에 벌어진 게 아니다.

표리는 마음을 다잡고 입을 열었다.

제 65 화

결의 part 2

"장로님. 저는 이 위험이 그저 인간들만을 향한 위험이 아닐 것 같습니다. 아니, 그렇다고 확신합니다. 괴물들은 인간을 모조리 죽이고 나면 그다음에는 이곳, 지하에 있는 우리 일족을 죽이려 할 겁니다."

"왜 그렇게 생각하지?"

"무원을 죽일 때 그 괴물은 망설이지도 놀리지도 않았습니다."

"그게 왜……?"

"그 괴물들은 인간들 눈에 띄지 않고 살아가고 있습니다. 그렇게 커다랗고 이상한 게 신시에 있는데도 인간들이 눈치채지 못했다는 건…… 그 괴물들에게 인간의 눈을 피해 다녀야 한다는 지능이 있다는 의미입니다. 그렇다면 인간과 우리 일족이 다르다는 걸 알아볼 지능도 있을 겁니다."

그제야 장로는 표리가 무슨 말을 하려는지 깨달았다.

"장로님. 그 괴물은 인간과 다르게 생긴 무원을 자세히 살펴보려고 하지도 않고, 그저 죽였습니다. 저는 아무리 생각해도…… 그놈의 목적이 이 신시에 있는 생명, 그놈들과 같은 괴물이 아닌 생명 모두를 죽이려는 게 아닌가 싶습니다."

장로는 지그시 눈을 감았다.

무기를 만들겠다고 지상으로 올라간 두두리 일족이 하나둘씩 실종될 때, 장로도 어느 정도는 짐작하고 있었다.

이 신시에 인간과 비슷하지만 똑같지는 않게 진화한 두두리 일족이 존재한다는 걸 아는 사람이 있는 것 같다고.

아마도 그 사람은 두두리 일족에게 호의를 품고 있는 것 같지는 않다고.

하지만 그렇게 생각하면 이상한 점이 하나 있었다.

왜 그 사람은 두두리 일족의 존재를 인간 모두에게 알리고 학살 명령을 내리지 않는가?

인간들은 자신과 다른 존재를 배척하는 경향이 있으니, 두두리 일족에 대해 알린다면 범 사냥꾼 같은 놈들이 두두리 일족을 모조리 죽이려고 달려들 것이다.

하지만 그런 일은 벌어지지 않았다.

인간들은 여전히 두두리 일족이 신시 지하에서 살아간다는 걸 모른다.

그렇다는 건.

'무시하는 거겠지. 큰 위협이 되지 않으니 더 중요한 문제를 끝낼 때까지는 내버려두려는 거겠지.'

그리고 그 중요한 문제가 끝났을 때.

그 사람의 기분에 따라 두두리 일족의 처우가 결정되리라.

그 처우가 두두리 일족에게 좋은 쪽일 거란 생각은 들지 않았다.

이런 생각을 동족에게 알리지 않은 건, 아직 확실한 것이 아무것도 없는 상황에서 동족들을 불안에 떨게 하고 싶지 않기 때문이었다.

자신이 너무 안 좋은 쪽으로만 생각하는 것일지도 모른다.

어쩌면 두두리 일족의 정체를 아는 사람 따위는 존재하지도 않고, 그저 이 모든 게 신시를 스치고 지나가는 혼돈일 뿐, 언제 그랬냐는 듯 다시 평화로워질지도 모른다.

그런 헛된 희망을 품고 눈에 보이는 것들을 무시하려고 애쓰고 있었다.

하지만 표리가 장로를 현실로 끄집어냈다.

더는 피할 수 있는 문제가 아니라는 걸 장로는 깨달았다.

"꼭 해야겠느냐?"

"반드시 해야만 하는 일입니다."

"우리가 인간들을 돕는다 해도 인간들은 알아주지 않을 게다. 모든 게 잘 끝나더라도 우리가 지상에서 살아갈 일은 없을 게야."

"장로님, 저는……."

표리의 눈에 여러 감정이 스치고 지나갔다.

"저는 지상을 꿈꾸는 게 아닙니다. 우리가 살아갈 곳이 지상이든 지하든, 그저 지금까지처럼 살아가고 싶을 뿐입니다."

잠시 침묵이 흘렀다.

이제 얼마 남지 않은 양초의 불이 일렁, 흔들렸다.

이윽고 눈을 뜬 장로가 말했다.

"무릇 섞인 자와 함께 멸망이 찾아오리라. 이런 예언이 전해졌다는 건, 너도 알고 있지?"

"네, 그런데 그건 왜……?"

장로가 길쭉하고 뒤틀린 손가락을 들어 표리의 말을 막았다.

"섞인 자, 타배가 신시를 어떻게 멸망시켰는지는 아느냐?"

표리는 장로가 왜 옛날 이야기를 꺼내는지는 알 수 없어서 의아한 표정으로 대답했다.

"범족과의 전쟁을 끝내고 다른 종족들을 배신해서……."

장로가 고개 저었다.

"그런다고 신시가 멸망하지는 않지."

"그럼……?"

"신시의 멸망은 힘의 종말과 함께 찾아왔다고 전해진다."

"힘의…… 종말이요?"

장로는 장로에게만 전해지는 더 깊은 전설에 대해 설명했다.

"고대의 신시에 섞인 자와 함께 멸망이 찾아온다는 예언이 있었기에 그 예언이 이뤄지는 순간을 위한 대비책 역시 준비해왔다고 한다."

그 대비책은 멸망이 찾아올 때, 신시의 주민 모두가 몸을 숨길 공간을 만드는 것이었다.

멸망이 어떤 식으로 찾아올지는 모르지만, 만약 불덩어리가 하늘에서 떨어지거나 큰 지진 같은 게 일어났을 때 그 피해를 받지 않을 공간.

"고대를 살아가는 사람들은 지금보다 훨씬 더 다채로운 힘과 재능을 가지고 있었지. 그래서 그들은 공간을 비틀어 또 다른 세계를 만들어냈다. 그리고 그 세계에 이름을 붙였지."

그림자의 세계.

시간도 공간도 뒤틀린 곳.

"인왕산 범바위 뒤, 한곳을 비틀어 그런 세계를 만들어냈다고 한다. 범과의 전쟁이 벌어진 고대 신시의 신시보다도 더 오래 전에 살아가던 선조들이 만들어낸 공간이지. 아주 많은 힘을 쏟아부어서 만든 공간."

거기까지는 표리도 아는 이야기였다.

표리는 장로가 왜 두두리 일족이라면 다들 아는 이야기를 되풀이하는지 알 수 없었다.

"장로님, 저도 그런 이야기는……."

"표리, 여기에는 너희에게 알려주지 않은 이야기가 있다."

"예?"

"일단 듣거라."

표리는 다시 입을 다물었다.

"원래대로라면 범들은 그림자의 세계에서 원할 때 빠져나올 수 있어야만 했다. 그러려고 만든 곳이니까. 하지만 그러지 못

했지. 타배가 범바위에 결계를 만들어서 나올 길을 막아버렸
거든."

그 결계가 완벽하지 않아서 범들은 일 년에 한 번 정도는 밖
으로 나올 수 있었다.

손님 오는 날.

하지만 그 시간이 지나면 결계가 다시 작동하며 범들은 그
림자의 세계로 빨려 들어갔다.

"시간과 공간을 비틀어 만든 곳이니 그 안에 오래 있는 게
좋지는 않았을 게다. 아마도 그 세계를 유지하기 위해 범들의
생명력을 계속 빼앗아갔겠지. 그래서 범들도 일 년에 한 번은
밖에 나와서 인간들을 먹을 필요가 있었을 것이고."

"그랬겠죠……."

"하지만 충분하지 않았을 게다. 인간들 또한 힘을 잃은 건
마찬가지니까."

"……."

"표리, 그 전쟁 후, 타배는 신시를 지탱하던 신단수를 베어
내고 불태워버렸다."

신단수가 쓰러지고 불타자, 고대 신시의 주민들이 갖고 있던
힘이 사라지기 시작했다.

신단수로부터 흘러나오던 생명력이 멈추며, 고대의 주민들이 갖고 있던 다양한 재능과 힘도 흩어졌다.

"그렇게 신시가 멸망했지."

거기까지 말하고 나서 장로는 침묵을 지켰다.

표리는 도대체 장로가 무슨 말을 하고 싶은 건지 알 수 없었다.

타배가 신단수를 베어냈다는 건 표리도 몰랐던 일이기는 하다.

하지만 그게 왜? 어차피 배신자 놈인데 신단수 좀 벤 게 어때서?

신단수를 베어낸 게 그놈을 도와준 다른 종족들을 다 쫓아낸 것보다 나쁜 일인가?

아니, 나쁜 일이라 해도 지금 상황에서는 전혀 도움이 되지 않는 얘기인데.

오만가지 생각이 들었지만 닦달할 분위기가 아니었기에 표리는 입이 열리려는 걸 간신히 억눌렀다.

이윽고 장로가 표리와 눈을 맞췄다.

"표리, 내가 무슨 말을 하는지 모르겠느냐?"

"예?"

전혀요.

"신단수가 불타고 곰족도, 우리도 힘을 잃었지."

"……그렇죠?"

"그런데 범족은 어떠하냐?"

"……아!"

뒤늦게 깨달았다.

"그들에게는 아직도 고대의 힘이 남아 있지. 물론 그때보다 약해지기는 했으나, 그들은 여전히 범족이야."

"그림자의 세계 안에는……."

"그래, 고대의 힘이 갇혀 있다."

고대를 살아가던 선조 중 재능 있는 자들이 공간을 비틀어 그림자의 세계를 만들고 그 세계가 유지되도록 힘을 보냈다.

그곳에 범족이 쫓겨 들어갔고, 그림자의 세계는 범족의 힘을 흡수하며 지금까지 유지되어왔다.

"그래서 결계가 깨졌을 때, 그 안에 고여 있던 힘이 흘러나와서 인간 중에도, 우리 중에도 고대의 힘을 되찾은 이들이 생기기 시작한 거지."

"그럼…… 그림자의 세계를 완전히 부숴버리면……!"

장로가 고개를 저었다.

"이제 우리의 힘으로는 그곳을 부수는 게 불가능할 게다. 다만, 표리. 우리 일족 사이에는 예로부터 이런 이야기가 전해져왔다. 인왕산 범바위에 제를 지내면, 지킬 힘을 얻게 된다."

"인왕산 범바위……."

"아마도 결계가 있는 곳이기에, 가까이에 가면 미약하게나마 흘러나오는 힘이 있기 때문에 그런 얘기가 전해진 거겠지."

"왜 그런 얘기가 장로님들 사이에서만 전해진 거죠?

"위험하니까. 그 세계는 범족이 마지막으로 쫓겨 들어간 세계. 행여나 범족이 갑자기 튀어나올지도 모르고, 혹은 우리가 결계를 잘못 건드려서 범족을 세상에 풀어놓을 수도 있으니."

장로는 기대감에 부푼 표리를 가만히 응시했다.

표리는 지금 당장이라도 인왕산에 달려가고 싶은 것 같았다.

두두리 일족은 수가 많지 않기에 장로에게 그들은 모두 자식 같은 존재들이었다.

벌써 몇 명이나 잃었기에, 표리까지 잃고 싶지 않았다.

하지만 결의에 찬 표리를 말릴 수 없다는 걸 장로는 알 수 있었다.

"결계가 깨졌으니 예전보다 더 많은 힘이 흘러나오고 있을 게다. 가까이 가면 지금보다 더 많은 힘을 되찾게 되겠지. 하지만 표리, 조심해야 한다. 응?"

장로의 당부를 뒤로하고 표리는 인왕산으로 향했다.

장로의 말이 사실인지 확인해본 후, 그게 사실이라면 다른 사람들에게도 알릴 계획이었다.

동족들이 힘을 되찾는다면 지금보다 훨씬 성능이 좋은 무기를 만들 수 있으리라.

그리고 착호. 그들도 힘을 되찾으면 그 괴물을 어렵지 않게 해치울 수 있겠지.

하지만 인왕산 가까이에 접근했을 때, 표리의 기대는 처참하게 무너져내렸다.

제 66 화
결의 part 3

지하로 수없이 뻗은 길을 올라가기도 전에 표리는 그들의 존재를 느꼈다.

괴물들.

그들에게서 흘러나오는 악의가 지하 깊은 곳까지 흘러내려왔다.

흠칫, 몸을 떨며 보이지 않는 지상을 향해 고개를 들었다.

'어째서……?'

인왕산과 가까운 이곳에 이토록 많은 괴물이 모여 있는 걸까?

'내 착각인가?'

표리는 부들부들 떨면서도 조심스럽게 지상으로 올라왔다.

표리가 평범한 인간이었다면 기민한 괴물들은 곧바로 표리의 존재를 눈치채고 달려들었을 것이다.

하지만 오랜 옛날부터 지금까지 남의 눈에 띄지 않게 숨어서 살아온 두두리 일족인 표리는 기척을 죽이고 움직이는 법을 알았다.

인왕산 초입.

겨울이라 앙상한 나무만 남은 갈색 산이 눈에 들어왔다.

괴물의 모습은 보이지 않지만 표리는 괴물들이 인왕산 부근 어딘가에서 느릿하게 움직이고 있다는 걸 알 수 있었다.

'왜 다 이 근처에 모여 있는 거지?'

범이 인왕산에서 내려온 후, 인간들은 인왕산을 찾지 않게 되었다.

초반에는 범 사냥꾼들이 범을 잡으러 인왕산에 오르긴 했지만 인왕산보다는 사람이 많은 도심에 범들이 더 많다는 걸 알게 된 후로는 인왕산을 찾는 범 사냥꾼조차 없었다.

'괴물은 인간을 잡아먹는 게 아니었나?'

오가는 사람도 없는 인왕산에 괴물들이 모여 있는 게 마음에 걸렸다.

마치 인왕산에 오르는 사람들을 막으려는 듯이…….

'아, 설마…… 괴물들도 그림자의 세계에 대해 아는 건가? 그 정도의 지능이 있단 말이야? 아니, 아니지. 이건 지능의 문제가 아냐. 이건 우리 두두리 일족 사이에 전해지는 전설인데……. 인간들조차 잊은 기억인데……. 어떻게 저 괴물들이 그걸 아는 거지?'

의문이 혼란스럽게 밀어닥치는 통에 잠시 머뭇거리는 사이에 주머니 속에 있던 휴대폰이 진동했다.

착호와 화해를 한 후, 착호가 마련해준 휴대폰이었다.

지하 깊은 곳에 있을 때는 터지지 않는 휴대폰에 하필이면 지상으로 올라온 지금 전화가 걸려온 것이다.

드으으으으-

드으으으으-

작은 진동일 뿐인데도.

휘익-

스윽-

괴물들이 반응했다.

어딘가에 숨어 있던 괴물들이 갑자기 모습을 드러냈다.

눈이 한 개인 놈도, 두 개인 놈도, 다섯 개인 놈도, 열 개인 놈도 모두 한 방향을 응시하고 있었다.

표리가 있는 쪽이었다.

그걸 깨닫자마자 표리는 돌아서서 달렸다.

지하로 들어갈 수는 없었다.

혹시라도 저들이 따라와서 두두리 일족이 다니는 길을 발견하면 큰일이었다.

수아아아아악-

스아아-

괴물들이 뒤따라오는 소리가 들렸다.

숨어 살면서 도망 다니던 두두리 일족은 다리가 빨랐기 때문에 쉽게 괴물에게 잡히지는 않았다.

괴물과의 간격은 좁혀지지 않았지만 괴물들에게서 흘러나오는 짙은 살의가 표리의 목을 조여왔다.

끈적한 악의가 발목을 붙들어 몇 번이나 넘어질 뻔했다.

표리는 멈추지도, 뒤를 돌아보지도 않았다.

도망칠 때 중요한 건 그것이었다.

뒤를 돌아보고 놈들이 얼마나 가까워졌는지 확인하는 순간, 낚아채이고 만다.

그래서 표리는 앞만 보고 달렸다. 숨이 턱까지 차올라 폐가 타오르는 것 같았지만, 계속 달렸다.

어느 순간, 발목을 붙들던 악의가 옅어지고 스사아아아, 들려오던 소리도 작아지기 시작했다.

그래도 달리고 또 달리던 표리는.

터억-!

맞은편에서 걸어오던 사람과 부딪친 후에야 달리기를 멈췄다.

빠른 속도로 달리던 터라, 부딪치는 반동에 뒤로 나가떨어졌다.

하지만 상대는 꿈쩍도 하지 않고 서서 나뒹구는 표리를 내려다보고 있었다.

몸을 추스르며 상대를 확인한 표리는 등골이 서늘해지는 걸 느꼈다.

인간처럼 보이기는 하지만, 그의 노란 눈동자는 범의 것이었기 때문이다.

다행히 상대는 냄새를 한번 킁킁 맡더니, 표리에게 별 관심을 주지 않고 휘적휘적 걸어가버렸다.

'제하를 찾는 건가?'

불티를 고문해서 죽이는 동영상은 표리도 봤다.

그 때문에 숨어서 지낼 거라는 연락도 받았다.

'아까 그 전화도 착호에게서 온 거겠지.'

표리의 번호를 아는 사람은 착호 일행밖에 없었다. 어쩌면 무슨 일이 생긴 걸지도 모른다.

표리는 서둘러 안전한 곳으로 이동한 후 휴대폰을 꺼냈다. 기다렸다는 듯 또다시 휴대폰이 진동했다.

예상대로 제하에게서 걸려온 전화였다.

[표리, 지금 바빠?]

다행히 휴대폰을 통해 들려오는 목소리는 어둡지 않았다.

큰일이 터진 건 아닌 모양이다.

"아니, 괜찮아. 할 얘기가 있는데……."

[그래? 마침 나도 너랑 만나고 싶던 참이야. 지금 범 사냥꾼들이랑 같이 있거든.]

"범 사냥꾼들?"

[응. 얘기하자면 좀 긴데…… 앞으로 함께 행동하기로 했어.]

"아……."

[이 사람들에게 널 소개시켜주고 싶어.]

휴대폰을 쥔 손가락에 힘이 들어갔다.

"……나를?"

[너도 함께 싸울 거잖아.]

"나는…… 나는 그냥 무기를 만들 뿐이야."

[그게 함께 싸우는 거지.]

그런 식으로 생각해본 적은 없었다.

그저 친구의 원수를 갚고, 두두리 일족을 위험으로부터 보호하기 위해 무엇이든 하고 싶은데, 싸울 능력이 없으니 비겁하게 뒤에 숨어서 무기나 만들어 줄 뿐이라고 생각해왔다.

무기를 만드는 게 함께 싸우는 거라는 제하의 말에 가슴이 뜨거워졌다.

하지만.

"나는 너희와 같은 인간이 아니야."

[……표리.]

"너희 착호는 그렇지 않다는 걸 알지만, 과연 다른 인간들이 내 모습을 받아들일 수 있을까?"

[사람……이라고 생각해.]

"뭐?"

[범족도, 곰족도, 두두리족도, 조금 다른 모습으로 진화했지만…… 사람이라고 생각해.]

제하가 장소를 이동하는지 잠시 부스럭거리는 소리가 들렸다.

이윽고 다시 제하의 목소리가 들려왔다.

[표리. 나는 혼혈이야. 네 말대로라면 나 역시 받아들여지지 못할 존재야.]

"하지만 너는…… 너는 인간이잖아. 눈동자 색깔만 좀 다를 뿐, 누가 봐도 인간이라고."

[너도 그래, 표리.]

"다들 나를 끔찍하게 여길 거야. 너까지 이상한 취급을 받을 수도 있어."

[그럼 한번 받아봐.]

"뭐?"

[아직 끔찍한 취급을 받아본 적 없잖아. 그러니까 일단 한번 와서 받아봐.]

"내가 왜 그래야 하는데?"

[만약 여기 모인 사람들이 널 끔찍하게 생각한다면, 네가 만드는 그 굉장한 무기를 그 사람들은 못 쓰게 하면 되잖아.]

"……"

[그리고 우리랑 같이 뒤에서 좋은 무기를 쓸 기회를 놓친 그 멍청한 놈들 욕이나 실컷 해주자고. 그러면 되는 거 아냐?]

제하의 음성은 한없이 가벼웠지만, 그 말에 담긴 무게는 무거웠다.

주도권은 네게 있어, 표리.

제하는 그렇게 말하고 있었다.

지상을 지배한 인간들의 눈을 피해서 살아온 표리에게 제하의 말은 무척이나 따뜻했다.

사람들에게 소개해주고 싶다는 말을 들었을 때부터 움츠러들었던 어깨가 조금씩 펴지고 있었다.

"알겠어. 어디로 가면 돼?"

❖ ❖ ❖

호랑나비 본부 지하.

마치 기자회견장처럼 긴 테이블이 맨 앞에 하나 놓여 있고, 그 테이블에 착호가 일렬로 앉아 있었다.

나머지 범 사냥꾼들은 앞을 향해 놓인 의자에 앉아서 착호를 보고 있었다.

착호만 특별 대우를 해주는 것 같은 상황이지만, 누구도 불만을 품지 않았다.

그 자리에 온 범 사냥꾼 중 몇 명은 괴물을 목격했다.

괴물이 인간을 와그작 씹어먹는 걸 멀리서 지켜보다가, 다른 범 사냥꾼이 괴물과 싸우는 걸 보다가, 도망쳤다. 어디를 어떻게 봐도 괴물을 이길 수 있을 것 같지 않았기 때문이다.

도저히 이 세상에 존재하는 생명이라고 볼 수 없는 기괴한 생김새와 짙게 흘러나오는 악의, 불쾌한 독기.

근처에 가는 것만으로도 괴물이 내뿜는 독기에 짓무를 것만 같은데, 착호는 그 괴물과 싸워서 이겼다고 들었다. 그것도 여러 번.

범을 상대했을 때부터 착호가 강하다는 건 알고 있었기에 이 신시에 정체 모를 것이 돌아다니는 지금, 그들은 착호에게 기대는 수밖에 없었다.

범 사냥꾼들은 착호를 보며 생각했다.

'제하랑 호수라는 놈은 왜 눈동자가 노랗지? 렌즈라도 낀 건가?'

'하루는 아무리 봐도 특이해. 옷차림이 왜 저래? 어린 녀석이······.'

'도건이란 놈이 입은 코트, 탐나네.'

몇 시간 전까지만 해도 범 사냥꾼들은 뒷목이 당길 정도로 긴장한 상태였다. 이 신시에 진짜로 괴물이 존재한다는 사실이 그들의 심장을 죄였기 때문이다.

범이 주적이었을 때는 이렇게까지 긴장하지 않았다. 범들을 상대할 힘을 갖고 있기도 했고, 범은 그나마 인간처럼 생겼다. 이 세상에 존재할 만한 생물로 보였다.

하지만 괴물은 아니다.

힘을 갖지 못한 인간들이 범에게 느꼈던 그 공포를, 이제 범 사냥꾼들이 느끼게 되었다.

'아무 힘 없는 녀석들이 이런 기분이었나?'

범 사냥꾼 몇 명은 그동안 힘 좀 가졌다고 해서 콧대를 세우고 다닌 걸 후회하던 차였다.

그럴 때, 착호의 등장에 분위기가 바뀌었다.

착호가 괴물과 싸우는 걸 실제로 본 것도 아닌데 왜인지 착호와 함께하면 괴물을 상대로도 이길 수 있을 거란 느낌이 들었다.

범 사냥꾼들의 기민한 감각은 착호가 가진 힘이 자신들보다 강하다는 걸 간파했다.

착호 중에 마치 범처럼 싸우는 멤버가 있다는 소문을 들었지만, 지금과 같은 상황에서 그런 건 아무래도 좋았다.

범처럼 싸우든, 곰처럼 싸우든, 늑대처럼 싸우든, 괴물을 상대할 힘을 가진 녀석들이 같은 편이라는 게 중요하다.

"우리가."

제하가 입을 열었다.

"숨어서 지내는 동안, 몇 가지 실험을 해봤어."

제 67 화

대체 누가?

실험?

갑자기 웬 실험 타령이지?

의아해하는 범 사냥꾼들을 보며 제하는 담담하게 말을 이어나갔다.

"이 신시에 도대체 무엇인지 가늠조차 할 수 없는 존재가 있어. 우리는 그걸 괴물이라고 부르지. 저번에 체육관에서 영상을 봤던 사람들은 알겠지만, 큰 놈도 있고 작은 놈도 있었어. 게다가 굉장히 끔찍하게 생겼고."

범 사냥꾼들은 제하가 왜 다들 아는 이야기를 반복하는지 알 수 없었지만, 잠자코 그의 이야기를 들었다.

"여기에 있는 사람 중에서도 그 괴물을 목격한 사람이 있다고 들었어."

목격한 사람들이 고개를 끄덕였다.

"정말 이상하지 않아?"

뭐가 이상하다는 거지?

어리둥절해하는 범 사냥꾼들을 향해 제하가 몸을 앞으로 기울였다.

"그렇게 괴상한 게 이 신시를 돌아다니고, 또 누군가에게 목격을 당하기도 하는데…… 왜 아무도 그 괴물에 대해 떠들어대지 않는 걸까?"

"아……!"

"그러게……."

"그렇구나."

여기저기서 탄성이 흘러나왔다.

제하는 소란이 가라앉기를 기다렸다가 다시 말했다.

"조금만 신기한 일이 벌어져도, 조금만 부당한 대우를 받아도 인터넷에 올려서 떠들썩해지는 세상이야. 실제로 작년에 범이 나타났을 때도 인터넷이 떠들썩했지. 범한테 지인이 죽은 사람들이 글을 남기고, 또 어떤 사람들은 범처럼 생긴 인간을 봤는데 범이 맞는지 아닌지 모르겠다면서 몰래 찍은 사진도 올렸었어. 다들 이렇게 인증을 하고 싶어 하는데, 왜 괴물에 관한 걸 인증하는 사람은 없는 걸까?"

긴 머리를 뒤로 질끈 묶은 범 사냥꾼이 손을 들었다.

"괴물을 본 사람은 다 죽었으니까?"

"다 죽진 않았잖아. 여기도 괴물을 보고도 살아남은 사람들이 있는 걸로 아는데."

"우리는 일반인보다 빠르잖아. 나도 괴물을 목격했는데, 정말 필사적으로 도망쳤거든. 일반인들이 과연 그 괴물에게서 도망칠 수 있었을까?"

"그런데 그렇게 따져도 이상한 점이 있어."

도건이 끼어들었다.

"일반인들 사이에서도 신시에 범이 아닌 뭔가가 있다는 소문이 돌고 있거든. 내 동생 중에 괴담에 환장한 녀석이 있는데, 그 녀석이 자주 가는 사이트가 하나 있었어. 일반적인 검색으로는 찾을 수 없는 사이트인데…… 그, 뭐라 하더라."

"딥웹."

세인이 작은 목소리로 알려줬다.

"아, 그래. 딥웹. 뭐, 음모론에, 귀신 목격담에…… 그런 거 좋아하는 녀석들이 드나드는 곳인데, 이번에 괴물 목격담은 없나 싶어서 들어가 봤거든. 그랬더니⋯⋯."

있었다.

이 세상에 존재할 것 같지 않고, 존재해서도 안 될 기괴한 생명체가 신시의 어둠 속을 누비고 다닌다는 글.

범이 아닌 무언가가 인간을 잡아먹는다는 글.

"조작 아닐까? 그런 데 모여 있는 놈들, 눈에 띄고 싶어서 조작 글 올리는 경우도 많다던데."

"그래, 그럴 수도 있겠지. 그런데 정말 이상한 게⋯⋯ 딥웹 말고 다른 유명한 커뮤니티 게시판에도 괴물 목격담이 올라왔어. 마침 게시물이 올라오는 순간에 내가 거길 보고 있어서 그 글을 봤거든. 그런데 몇 분도 지나지 않아서 게시글이 삭제되더라고."

"자기가 올려놓고도 너무 거짓말 같아서 삭제한 거 아닐까?"

도건의 말에 반박하는 범 사냥꾼의 목소리에는 힘이 없었다.

그녀도 아는 것이다. 무언가 이상하다는 걸.

"그래서 우리가 실험을 해본 거야."

세인이 말했다.

"대포폰을 몇 개 구해서, 유명 커뮤니티에 괴물에 관한 글을 올렸어. 영상도 올리고, 영상을 캡처한 사진도 올렸지. 그뿐만이 아니야. 익명으로 기자들에게, 방송국에, 신문사에 영상과 사진을 보냈어. 괴물이 있다, 무시무시한 게 신시에 살고 있다, 뭐 그런 편지랑 같이."

세인이 범 사냥꾼들을 돌아봤다.

"이 중에서 괴물에 관한 정보를 인터넷이나 TV로 본 사람 있어?"

없었다.

혹시나 있을까 싶어서 서로를 돌아봤지만, 누구 한 명 손을 들지 않았다.

착호가 말하지 않아도 그들은 착호가 무슨 말을 하려는지 알 수 있었다.

"누군가 정보를 막고 있군."

"대체 누가……?"

"신문사나 방송국까지 좌지우지한다고? 신시에 그럴 만한 사람이……."

떠오르는 인물이 한 명 있었다.

이살그룹의 환웅.

하지만 범 사냥꾼들은 애써 그 생각을 털어냈다.

신시를 위해 많은 걸 베푸는 환웅이 그런 짓을 할 리 없으니까.

환웅은 언제나 신시의 부흥을 가장 우선으로 여겼다.

각종 복지부터 시작해서 신시의 안전까지.

환웅이 없으면 신시가 돌아가지 않을 거란 말이 있을 정도였다.

범이 나타났을 때도, 환웅이 범 사냥꾼들에게 얼마나 많은 지원을 해줬던가.

막판에 현상금을 줄이는 바람에 범 사냥꾼들 사이에 미묘한 분위기가 감돌기는 했지만, 환웅의 잘못은 아니었다.

현상금이 줄었다 해도 큰돈이기는 했고, 사실 환웅이 현상금을 지원해야 할 의무는 없었다.

착호 또한 범 사냥꾼들과 같은 의심을 품었다가 내려놓은 터였다.

이유는 하나.

신시를 그토록 아끼는 환웅이 괴물을 시켜 신시를 엉망으로 만들 이유가 없다.

하지만 의심이 완전히 사라진 건 아니었다.

그들도 모르는 새에 의심은 작은 씨앗처럼 그들의 가슴에 깊숙이 박혔다.

"지금부터 우리가 해야 할 일은……."

제하가 갑자기 말을 멈추더니 휴대폰을 꺼냈다.

짧은 통화를 마친 제하가 범 사냥꾼들에게 알렸다.

"아까 말했던 무기 제작자가 왔어."

범 사냥꾼들의 눈에 호기심이 깃들었다.

무기 제작자.

한창 범 사냥이 활발할 때, 거래소가 생겼다.

거래소에서 파는 부기는 평범한 총이나 검도 있었지만, 기이한 힘을 가진 무기도 있었다.

힘을 불어넣으면 긴 검기가 뻗어 나오는 검이나, 표적을 따라가는 총알, 몸 내부에 있는 힘을 순간적으로 강하게 끌어올리는 검 같은 것들.

그런 무기를 만드는 게 누군지 궁금했던 터였다.

잠시 밖에 나갔던 제하가 긴 망토를 걸치고 후드를 깊이 눌러쓴 사람과 함께 돌아왔다.

호리호리하고 마른 체구의 무기 제작자는, 사람들의 시선이 버거운 듯 고개를 푹 숙이고 있었다.

"괜찮아, 표리."

이윽고 원래 앉아 있던 자리로 돌아간 제하가 작게 속삭이는 소리가 들려왔다.

제하의 옆자리였던 도건이 옆으로 이동해 표리에게 자리를 만들어주었다.

표리는 긴장한 듯 뻣뻣하게 움직여 그 자리에 앉았다.

표리가 어떻게 하냐는 듯 제하를 돌아봤고, 제하는 다시 한 번 말했다.

"괜찮아, 표리."

제하의 말에 용기를 얻은 듯, 표리는 크게 심호흡을 한 뒤에 후드를 벗었다.

드러난 모습에 범 사냥꾼들은 헛숨을 삼켰다.

제하에게서 표리가 인간과 조금 다른 생김새라는 말은 들었지만, 이렇게까지 다를 줄은 몰랐기 때문이다.

유독 커다란 눈, 퀭한 볼, 그리고 기묘하게 뒤틀린 긴 손가락.

하지만 묘한 침묵이 내려앉은 시간은 짧았다.

"그래서, 그 녀석이 두두리인가 뭔가 하는 일족이라고? 신시 지하에 살고?"

동철이 대수롭지 않은 어조로 물었다.

그제야 다른 범 사냥꾼들도 정신을 차렸다.

표리의 모습이 좀 이상하긴 하지만, 범도 있고 괴물도 있는 판에 좀 다른 모습이면 어떻단 말인가.

강한 무기만 만들어주면 외모 따위는 아무래도 좋았다.

"응, 표리라고 해."

입을 꾹 다물고 있는 표리를 대신해서 제하가 말했다.

"우리가 싸우는 능력을 갖게 된 것처럼, 두두리라는 일족은 무기에 여러 능력을 부여하는 힘을 갖게 됐다는 거지?"

다른 범 사냥꾼이 물었다.

긴장하고 있던 표리는 범 사냥꾼들의 시선이 착호들을 볼 때와 다를 게 없다는 걸 깨닫고 용기를 냈다.

아직 뻣뻣한 목을 움직여 고개를 끄덕이며 간신히 입을 열었다.

"응, 모두가 그런 힘을 갖게 된 건 아니지만……."

"네 동료 중에 그런 힘을 갖게 된 사람이 몇 명이나 되지?"

"이제 15명 남았어. 더 많았는데 실종됐거든."

실종이라는 말에 범 사냥꾼들은 동질감을 느꼈다.

범 사냥꾼 중에도 동료가 실종되어서 이곳에 찾아온 이들이 몇 명 있었기 때문이다.

"무기를 하나 만드는 데 얼마나 걸리지?"

"처음부터 만들어야 하면 한 달은 걸려. 하지만 갖고 있는 무기를 개조만 하는 거라면 보름으로 충분해."

"필요한 게 있나?"

"……동료들은 겁에 질려 있어. 장로님은 위험이 사라질 때까지 더는 무기를 만들지 말라는 명령을 내리셨고. 그들을 설득해야 해."

"그럼 위험을 무릅쓰고 움직일 만한 대가를 치러야겠군."

그들은 한동안 두두리 일족이 다시 한번 무기를 만들게 하기 위해 필요한 것들에 관한 의견을 나눴다.

그렇게 해서 결정된 것이, 무기 제작자들이 편하고 안전하게 무기를 만들 수 있도록 장소를 제공하고, 범 사냥꾼 여러 명이 그 장소를 지키기로 했다.

그 외 필요한 생필품이나 식량 같은 것을 제공하며, 나중에 이 모든 싸움이 끝났을 때 두두리 일족 전부가 지상에서 터를 잡을 수 있도록 지원해주기로 했다.

표리는 그저 말로만 하는 약속이 얼마나 부질없는지 알았다.

오래전, 타배도 목숨을 걸고 함께 싸운 다른 종족들을 전부 배신했으니까.

하지만.

'나는 경험도 못 한 옛날 일 때문에 몸을 사릴 때가 아니야.'

표리는 아까 보았던 괴물들을 떠올렸다.

그 괴물들은 지금 지상에서 인간들을 잡아먹지만, 지상에 있는 것들이 사라지면 나중에는 지하까지 들어올 게 분명하다.

그리고.

'얘들은 타배가 아니야.'

표리는 자신의 대답을 기다리는 착호를 돌아보며 생각했다.

'얘들은 날 배신하지 않을 거야.'

표리는 마음을 다잡고 말했다.

"내가 동료들을 설득해볼게."

오랜 세월 등을 돌리고 서로의 존재조차 파악하지 못한 채 살아온 인간과 두두리 일족이 같은 목적을 위해 동맹을 맺었다.

제 68화

괴물이 온다 part 1

'백오십육. 백오십육.'

지귀는 주위를 둘러보며 속으로 생각했다.

지금까지 먹은 인간의 숫자가 156명.

인간을 먹은 만큼 힘이 축적되고 있었다.

평범한 인간보다는 범 사냥꾼을 먹는 편이 낫다.

하지만 요새 범이 나타나지 않으면서 범 사냥꾼도 자취를 감췄다.

전에는 포수를 누르면 곧바로 범 사냥꾼이 달려왔는데, 요새는 그런 일도 많이 줄었다.

포수를 누르는 사람이 줄어든 것이다.

그 이유는 범의 공격이 사라진 탓도 있지만, 사람들 사이에

묘한 소문이 돌고 있기 때문이기도 했다.

포수를 누르면 괴물이 온다.

왜 그런 소문이 퍼졌는지는 모른다.

대부분은 코웃음을 쳤지만, 그렇다고 그 소문을 완전히 무시하지는 않았다.

인간들은 한 번 '범'을 경험했다.

이 세상에 인간이 아닌 '범'이라는 존재가 있으니, 어쩌면 괴물 또한 존재할지도 모른다는 생각을 갖게 되었다.

그리하여 인간들은 포수를 누르지 않게 되었다.

'나는 상관없지만…….'

지귀는 이미 인간이 되었으니, 여기서 더 이상 인간을 먹을 필요는 없었다.

다만 강해지고 싶기에, 조금 더 아버지 환웅 가까이로 가고 싶기에 기회가 날 때마다 먹고 있을 뿐.

'동생들은 먹어야지.'

인간이 '괴물'이라 부르는, 지귀의 동생들.

환웅의 자식들.

알에서 막 깨어난 그들은 작고 연약하다.

인간이든, 범이든, 살아 있는 생명을 먹어야만 점점 커지며 그 능력을 개화할 수 있다.

그리고 100개의 생명을 섭취했을 때, 인간의 모습으로 다시 태어나게 된다.

현재 인간이 된 형제들은 지귀까지 포함해서 스물일곱 명.

지귀는 스물일곱 명으로도 충분히 이 신시에 존재하는 모든 생명을 멸하고 아버지 환웅의 세상을 세울 수 있다고 생각했다.

하지만 환웅의 생각은 달랐다.

"인간들은 때로 생각지 못한 힘을 발휘하기도 하지. 그게 아주, 아주 거슬린단 말이야."

환웅은 아직 때가 아니라고 했다.

"아직은 안 돼. 지금 인간들이 너희의 존재를 눈치채면 다른 건 다 미뤄두고 뭉치려 할 거다. 그건 좋지 않아. 아주 좋지 않지."

조금 더 많은 아이가 인간이 될 때까지 기다리라고, 그때까지는 인간들에게 들키지 않게 다니라고 환웅은 말했다.

뭉쳐 다니는 인간들을 눈에 띄지 않게 몰래 잡아먹는 건 쉬운 일이 아니었다.

포수가 자주 울릴 때는 그 싸움에 편승해서 범도, 범 사냥꾼도, 인간도 잡아먹을 수 있었지만, 요새는 그런 일이 드물어서 동생들의 발전이 더뎠다.

그래서 지귀는 동생들에게 힘을 좀 보태주기로 했다.

"윤수야, 여기!"

소란스러운 호프집.

구석에 앉아 있던 한 무리의 인간들 사이에서 한 남자가 손을 들었다.

지귀가 잡아먹고 변신한 '윤수'라는 대학생의 친구였다.

지귀는 며칠 전부터 '윤수'로 살아가는 중이었다.

'윤수'로 생활하며, 오늘의 약속을 만들었다.

"야, 네가 만나자고 했으면서 네가 제일 늦게 나타나냐?"

"하여간, 이 새끼는 전부터 약속을 지키는 법이 없어요."

윤수의 친구들이 웃음 띤 얼굴로 툴툴거렸다.

지귀는 왜 저 인간들이 화를 내면서도 웃는 건지 알 수 없었다.

하지만 '윤수'의 습관대로 싱긋 웃으며 답했다.

"새끼들, 얼마나 기다렸다고."

이 자리에 모인 윤수의 친구들은 다섯 명이지만, 호프집 전체에는 사람이 더 많았다.

최근 범이 나타나지 않는 게 거의 확실해지자, 사람들은 그동안 억눌러온 것을 터뜨리기라도 하는 것처럼 늦은 시간까지 술을 마시며 놀기 시작했다.

'포수를 누르면 괴물이 온다', 혹은 '신시에 괴물이 산다'라는 소문이 돌기는 하지만, 범과 달리 괴물을 실제로 본 사람은 거의 없기에 범이 나타났을 때보다는 몸을 사리는 사람이 적었다.

대학생들이 주로 이용하는 이 넓은 호프집에도 자리가 없을 정도로 사람이 많았다.

지귀는 몹시 흡족했다.

'동생들을 배불리 먹일 수 있겠어.'

아직 인간이 되지 못한 동생들은 조금 아둔하기 때문에 머리를 써서 남몰래 인간을 먹는 법을 잘 모른다.

그나마 아는 방법이리고는 포수기 울리는 곳으로 달려가는 것뿐.

그런 동생들을 위해 지귀는 오늘 이곳에 포식의 장을 열어 주기로 했다.

"야, 우리 이러고 얘기만 하는 것도 지겹지 않냐? 게임이나 하자."

지귀는 분위기가 무르익기를 기다렸다가 말했다.

"게임은 뭔 게임이야, 애도 아니고."

"그런 건 졸업했다."

친구들이 어깃장을 놓았지만, 지귀는 계속해서 말했다.

"왜? 쫄리냐?"

"쫄리긴. 야, 엠티 때 너 게임 겁나 못해서 사발로 마시고 맛탱이 갔던 거 기억 안 나냐? 두 번 다시는 게임 안 하겠다고 했잖아."

"맞아, 맞아. 너, 그때 진짜 진상이었는데."

그런 기억 같은 건 없었지만, 지귀는 기억나는 척 웃었다.

"뭐야, 쫄리네. 그럼 말고."

"아씨. 뭔데? 뭐 걸고 하게? 술 사발로 마시기?"

"아니. 그런 건 재미없지. 포수 누르기 어때?"

"어? 포수?"

순간, 술자리 분위기가 가라앉았다.

포수라는 말을 듣자, 범에게 당하고 살았던 때가 떠올랐기 때문이다.

지귀는 모르지만, 윤수의 친구 중에는 범에게 가족을 잃은 사람도 있었다.

윤수는 특히 그 사람을 많이 신경 썼기에, 친구들은 '윤수'가 갑자기 포수 얘기를 꺼내서 범 생각이 나게 만드는 이유를 알 수 없었다.

　범에게 엄마를 잃은 지선은 자기 때문에 분위기가 가라앉았다는 걸 깨닫고 아무렇지도 않게 웃었다.

　"왜들 그래? 오랜만에 이러고 노는 건데, 옛날 생각하면서 술 게임 하는 것도 괜찮겠네. 그런데 포수를 누르는 건 좀 그렇다. 그러다가 진짜로 범 사냥꾼들이 와주면 어떡해?"

　'윤수'가 싱긋 웃었다.

　"그러니까 벌칙인 거지. 범 사냥꾼이 오면 제대로 사죄하고 술 한잔 드시고 가시라고 하는 것까지 하면 되잖아."

　"글쎄. 포수는 안 누르는 게 좋을 것 같은데."

　또다시 반박한 건 지선이 아닌 다른 친구였다.

　"네기 저번에 인터넷에서 봤는데, 포수 누르면 괴물이 나온다더라."

　"아, 나도 그거 봤는데……."

　"그런데 어떤 괴물을 말하는 거지?"

　"뭔가 되게 징그럽고 무시무시한 게 있대."

　친구들이 제각각 떠드는 걸 '윤수'는 묘한 표정으로 지켜봤다.

그리고 그런 '윤수'를 지선 또한 지켜보고 있었다.

'윤수가…… 오늘 좀 이상한데.'

평소에는 조용한 편인 윤수가 먼저 남에게 민폐를 끼치는 벌칙을 제안하는 것도, 이 자리에 지선이 있는데도 배려 없이 범과 관련된 포수 얘기를 꺼내는 것도 이상했다.

"그래서 괴물을 믿으신다? 무서워서 게임을 못 하겠다?"

이윽고 '윤수'가 친구들의 말을 끊고 끼어들었다.

그는 자신을 돌아보는 친구들을 향해 히죽 웃으며 휴대폰을 들어 올렸다.

"그럼 내가 누르지, 뭐."

윤수가 포수를 눌렀다.

순간, 테이블이 고요해졌다.

"이 미친……."

먼저 정신을 차린 친구 한 명이 욕설을 내뱉었다.

"야, 미쳤어? 너 그러다가 진짜로 범 사냥꾼이 오면 어쩌려고 그래?"

"저 새끼, 저거. 진짜 왜 저러지? 야, 너 뭐 잘못 먹었냐?"

"그거 얼른 취소해! 야, 씨. 저거 누가 불렀어?"

"누가 부르긴. 저 새끼가 오늘 모이자고 했잖아! 미친놈이⋯⋯."

친구들의 아우성에도 '윤수'는 아랑곳하지 않고 웃었다.

그런 윤수를 가만히 지켜보며 지선은 생각했다.

'윤수, 쟤⋯⋯ 눈동자가 원래 저렇게까지 새까맸었나?'

윤수의 눈동자는 마치 암흑 같았다. 빛 한 조각 없는, 끝도 없는 암흑.

안 그래도 어두컴컴한 호프집에서 윤수의 눈동자는 더 어두웠다. 주위의 빛을 모조리 흡수하는 듯이, 그렇게 새까맸다.

'이상해⋯⋯.'

등골이 서늘해진 지선은 자기가 너무 과하게 생각하는 거라며 다른 친구들의 눈동자를 확인했다.

아무리 어두워도 친구들의 눈동자는 윤수의 것처럼 까맣지는 않았다.

'뭔가 좀 이상해.'

친구들의 눈동자는 호프집의 어슴푸레한 조명 빛을 받아서 반짝거렸다. 그에 반해 윤수의 눈동자는.

'빛나질 않아. 전혀⋯⋯.'

아무리 어두운 조명이라도 그걸 받으면 빛이 반사되어야 하는데, 그런 게 전혀 없었다.

소름이 척추를 타고 흘렀다.

'뭔가 잘못됐어.'

윤수의 친구들이 험악하게 아우성치는 걸 보며 지귀는 속으로 웃었다.

힘도 없는 인간 따위, 지귀 혼자서도 얼마든지 처리할 수 있었다.

하지만 그렇게 쉬운 건 재미없다.

지귀는 인간들 사이에 섞여서 그들을 관찰하고 그들을 조롱하고 그들이 겁에 질린 모습을 지켜보는 게 좋았다.

대응할 힘을 갖지 못한 인간들이 지귀가 정체를 드러내는 순간 공포로 무너지는 모습에서 희열을 느꼈다.

지귀는 미소 띤 얼굴로 윤수의 친구들이 욕설을 내뱉다가 점차 잠잠해지는 걸 지켜봤다.

"요새 범 사냥꾼들이 포수 눌러도 잘 안 온다는 얘기가 있던데…… 진짜 그런가 보네."

그렇지 않았다.

이번에는 범 사냥꾼이 제대로 도착했다.

중무장한 범 사냥꾼 네 명이 호프집 문을 거칠게 열고 들어왔다.

"어디야!"

그들은 당장이라도 범을 공격할 듯 흉흉한 분위기였다.

윤수의 친구들은 범 사냥꾼들의 등장에 얼어붙었다.

오더라도 한 명만 오지, 네 명이나 올 줄은 꿈에도 몰랐기 때문이다

게다가 범 사냥꾼들은 시민들이 찍은 동영상으로 봤을 때보다 더 비장한 분위기였다.

호프집 안에 있던 사람들과 윤수의 친구들의 시선이 모두 범 사냥꾼에게 향했을 때, 지귀는 슬며시 일어나 모습을 감췄다.

175cm의 건장한 사내였던 지귀의 모습이 호리호리하고 자그마한 여자로 바뀌는 걸 목격한 사람은.

'저게 뭐야? 방금…… 방금 윤수가…… 어떻게 된 거지?'

지선뿐이었다.

제 69 화

괴물이 온다 part 2

호프집에 들어온 범 사냥꾼 중 한 명인 연미는 인상을 찌푸렸다.

아무리 둘러봐도 '범'처럼 보이는 건 없었다.

호프집은 평화로웠고, 범 사냥꾼들이 그 분위기를 깬 것만 같았다.

다들 이리둥절한 표정으로 범 사냥꾼들을 쳐다보는 와중에, 한 테이블에 있던 남자가 옆 테이블을 가리키며 말했다.

"이 사람들이 포수를 누르는 걸로 게임을 했어요."

게임?

연미의 얼굴이 와락 일그러졌다.

게임이라고?

안 그래도 요새 범이 나타나질 않아서 먹고살 길이 끊겼다.

그런 와중에 착호 쪽은 괴물이 있네 어쩌네 하면서 불안한 분위기를 조성했다.

범 사냥꾼들은 두 개의 파로 나뉘었다.

괴물을 믿는 쪽, 믿지 않는 쪽.

연미와 동료들은 괴물을 믿지 않는 쪽이었다.

지난번에 착호가 구립 체육관에서 모이자고 했을 때 가긴 했지만, 아무리 생각해도 그런 끔찍한 게 이 신시를 돌아다닌다는 걸, 그런데 아무도 그걸 본 적이 없다는 걸 믿을 수가 없었다.

"야, 이 새끼들아! 이 사람 말, 진짜야?"

연미의 동료인 수철이 버럭 외치며 대학생들이 모여 있는 테이블로 달려갔다.

대학생들은 얼굴이 파랗게 질려서 서로 눈치를 봤다.

그중 한 여자는 거의 까무러칠 것처럼 파랗게 질려 있었다.

"대답해, 이 새끼야!"

수철이 한 남자의 멱살을 잡아 일으키며 외쳤다.

남자는 손에 쥐고 있던 휴대폰을 툭 떨어뜨렸다.

"저, 저기…… 저기, 죄송해요. 죄송합니다. 그게…… 저희가 너무 취해서……."

"너무 취해? 우리는 목숨을 걸고 싸우는 건데, 너무 취해서 게임을 하다가 포수를 눌렀다고?"

"그게…… 자, 잘못했어요. 죄송해요. 용서해주세요."

"이 미친 새끼들이! 죄송하다고 하면 끝날 문제……. 넌 또 뭐야?"

수철은 자기 팔뚝을 잡은 지선을 향해 눈을 부라렸다.

친구를 돕기 위해 나서는 줄 알았던 것이다

그런데 지선의 표정이 심상찮았다.

핏기가 가신 얼굴, 뭔가에 놀란 듯 열린 동공.

"유…… 윤수가…… 윤수가……"

"뭐? 윤수? 그게 누군데? 이 새끼 이름이 윤수야?"

지선이 고개를 저었다.

크게 뜬 눈에 눈물이 고여 있었다.

"윤수…… 윤수가……"

그때였다.

"엄마야! 이게 뭐야?"

"강아지 아냐?"

"아, 아냐…… 강아지가…… 흐아아아악!"

"으아아아아아!"

"괴, 괴물이다!"

호프집 주방 쪽에서 소란이 일었다.

"사…… 살려……."

"꺄아아아아아아!"

범 사냥꾼들은 무기를 고쳐 쥐고 주방으로 달려가려 했다.

하지만 그럴 필요가 없었다.

홀에서도 같은 일이 벌어졌기 때문이다.

"으아아……."

"도, 도망……."

"아아아악!"

사람들이 갑자기 벌떡 일어나 입구를 향해 달렸다.

하지만 그들은 나갈 수 없었다.

이미 입구 쪽도 막혔기 때문이다.

방금 전 범 사냥꾼들이 들어온 그 입구 앞에, 언제 나타났는지 검고 호리호리한 것이 기괴한 분위기를 풍기며 서 있었다.

'그것'은 잿빛 피부를 가진 남자 같은 몸통을 갖고 있었다.

하지만 곤충 다리처럼 생긴 끈끈하고 두꺼운 무언가를 갑옷처럼 온몸에 두르고, 눈코입이 있어야 할 얼굴에 구멍만 여러 개 뚫려 있었다.

마치 거대한 지렁이 같은 촉수 여러 개가 '그것'의 목 뒤에 붙어서 꿈틀거렸고, 하체에는 문어 다리 같은 게 붙어 있었다.

'그것'을 본 사람들은 얼어붙었다.

비명을 지를 생각도 못 한 채, 눈을 휘둥그레 뜨고 '그것'을 응시했다.

그건 범 사냥꾼들도 마찬가지였다.

사람은 상상의 범주를 벗어난 걸 목격하게 되면 생각이 멈추곤 한다.

급박한 상황인데, 뇌에 과부하가 걸린 듯 멈춰버렸다.

"아악!"

하지만 그것도 잠시.

구석에 있던 남자의 날카로운 비명에 다들 정신을 차렸다.

언뜻 보기에는 커다란 개니 고양이처럼 보이지만 입이 여러 개인 괴물이 한 남자의 허벅지를 물어뜯고 있었다.

수철이 검을 쥐고 달려가려는 걸 연미가 붙잡았다.

연미의 시선은 문 앞을 가로막은 괴물에게 향해 있었다.

"저게 먼저야"

꿀꺽-

수철은 마른침을 삼켰다.

촉수 괴물은 아직 움직임이 없었지만, 수철은 그것이 누구를 먼저 먹을지 가늠해보고 있다는 걸 알 수 있었다.

그래, 저 촉수 괴물이 먼저다.

'하지만 어떻게? 우리가 저걸 이길 수 있을까?'

싸워본 적도 없는 괴물이지만, 이길 수 있을 것 같은 생각이 들지 않았다.

그러는 와중에도 여기저기서 작은 괴물에게 당한 사람들의 비명이 터져 나오고 있었다.

우당탕-!

콰당-!

사람들은 우왕좌왕하며 도망 다니다가 식탁을 쓰러뜨리고, 걸려 넘어지고, 서로를 잡아 괴물 쪽으로 밀쳐냈다.

휴대폰을 꺼내서 미친 듯이 포수를 누르는 사람도 있었다.

주방 쪽에서는 괴물과 싸우다가 불이라도 냈는지 매캐한 연기가 흘러나오기 시작했다.

'아비규환은 이런 걸 두고 말하는 거군⋯⋯.'

무엇부터 시작해야 할지 몰라 다른 생각을 하는 수철의 귀에 연미의 냉정한 목소리가 들려왔다

"무기 단단히 쥐어."

연미가 쥔 검이 우웅, 하고 떨렸다.

"어떻게든……."

괴물의 촉수가 일제히 연미에게로 향했다.

"약점을 찾아내야 해."

연미가 땅을 박찼다.

✧✦✧

동철은 무기 제작자들이 일할 공간을 마련해주었고, 표리는 일족을 설득하는 데 성공했다.

표리를 범 사냥꾼들에게 소개한 날로부터 한 달이 지난 지금, 무기 제작자들이 무기와 방어구 몇 개를 완성했다는 말에 제작소로 찾아온 참이었다.

착호와 동철, 그리고 다른 범 사냥꾼들 8명이 와서 무기 제작자들에게 각자의 무기를 받은 후 사용법 설명을 듣는 중이었다.

"검처럼도 사용이 가능하다고?"

"그래. 여기를 누르면……."

표리가 총신 옆에 있는 붉은 버튼을 눌렀다.

그러자 총이 손잡이처럼 변하며 검날이 길게 뻗어 나왔다.

도건의 눈에 감탄이 피어올랐다.

"여차하는 순간에는 도움이 되겠네."

"이건 더 도움이 될 거야. 이 총알은 표적을 맞히고 들어가면 안에서 폭발하면서 가시를 뿜어내거든."

"오."

"그리고 이건……."

제하도 다른 무기 제작자에게 팔 보호대를 받아서 착용하는 중이었다.

겉으로 보기에는 평범한 가죽 보호대처럼 보이는데, 제하가 팔뚝에 착용하자 가죽이었던 보호대가 단단해졌다.

"와, 이게 어떻게 가능하지?"

"네 내부에 있는 힘을 사용한 거야. 힘을 더 불어넣으면 더 단단해질 거야. 이 다리 보호대도 마찬가지고."

"힘을 좀 빼면 부드럽게 움직여?"

"응.

"한번 해봐야겠다."

제하가 몸에서 힘을 빼려고 할 때였다.

삐이이이이-

우우우우웅-

그 자리에 있던 범 사냥꾼들의 포수가 일제히 울렸다.

설명을 듣던 범 사냥꾼들이 휴대폰을 꺼내서 위치를 확인하고는 제하를 돌아봤다.

"어쩔까? 네놈들은 범한테 쫓기는 신세인데 여기 있는 게 낫지 않겠냐?"

범 사냥꾼들의 말을 들은 제하는 잠시 고민 끝에 입을 열었다.

"가봐야지. 숨어 있는다고 해결될 문제도 아니고."

앞으로 포수가 울려서 나갈 때는 무조건 착호 일행 중 두 명 이상을 포함해 열 명 이상이 출동하기로 했다.

상대가 괴물일 경우에는 두, 세 명만 가지고서는 이길 수 없기 때문이었다.

게다가 범들이 '제하'에게 증오를 품고 있다는 문제도 있었다.

만약 범과 싸우다가 괴물이 나타났을 때, 범들이 괴물을 잡는 것에 동참해줄지 이제는 확신할 수가 없는 상황이었다.

"우리가 전부 다 갈 필요가……."

범 사냥꾼이 그렇게 말했을 때였다.

삐이이이이이-

우우우우우웅-

삐이이이이-

우우우우웅-

포수가 긴급하게, 계속해서 울리기 시작했다.

지도에 표시된 곳은 단 한 곳.

더는 말이 필요 없었다.

범 사냥꾼들은 방금 두두리 일족에게 건네받은 무기를 쥐고 지도에 표시된 곳을 향해 달렸다.

❖❖❖

후포는 허서, 옥엽을 데리고 어두운 밤길을 걷는 중이었다.

최근 인간들은 범이 나타나기 전처럼 조금씩 일상을 되찾아가고 있었다.

그런 인간들을 보면 속이 뒤틀렸다.

후포는 인간들이 불티의 죽음을 두고 인터넷에서 무어라 떠들어대는지 알고 있었다.

인간들이 불티를 그토록 잔혹하게 고문하고 죽인 제하를 얼마나 칭찬하는지도 알았다.

그런 글들만 생각하면, 당장이라도 인간들을 몰살시키고 싶지만.

└아무리 범이라도 생명이잖아요.
└나랑 같이 본 친구는 중간에 토했어. 끔찍해. 범 우는 거 봤어? 진짜 불쌍하더라.
└세상 미쳐 돌아가네. 그냥 죽이면 되지, 고문을 하는 건 아니지 않나? 저게 뭔 영웅? 그냥 사이코패스 미친 새끼지.

많지는 않지만, 범을 두둔하는 몇 개의 반응이 후포의 발목을 붙들었다.

따지고 보면, 인간들의 입장에서 먼저 고문을 하고 잡아먹은 건 범이었다.

그럼에도 아직 범이 당하는 가혹한 처우를 불쌍히 여겨주는 인간들이 있었다.

"주군. 마로를 저대로 놔둬도 될까요?"

옥엽이 걱정스러운 목소리로 물었다.

몇 주 전까지만 해도 제하를 잡아서 죽이겠다고 날뛰며 돌아다니던 마로가 갑자기 방에 틀어박혀 허공만 노려보고 있었다.

때때로 "날 농락하려는 건가?", "그게 그 자식이 아니면 누구란 거지?", "누구라도 상관없어. 죽여버릴 거야." 같은 소리를 중얼거리는 모습은 반쯤 정신이 나간 것처럼 보였다.

그러더니 어제는 갑자기 불티의 영상을 틀어놓고 눈이 빠지게 그 영상을 보고 있었다.

불티가 죽는 모든 순간을 각인시켜 다시금 투지를 불태우겠다는 듯 그렇게 영상을 되풀이해서 보고 있었다.

"하고 싶은 대로 하게 놔둬라."

이런 상황에서 말려봐야 나아질 것도 없었다.

만약 마로가 정신을 차린다면, 당장 인간들을 몰살하겠다며 전처럼 인간을 붙잡아 고문하고 돌아다닐지도 모른다.

일이 이렇게 되었음에도 후포는 인간을 고문해서 죽일 생각은 들지 않았다.

처음에는 제하를 잡아서 그 목을 물어뜯고 싶었지만, 그 살의 역시 시간이 흐르자 조금씩 가라앉았다.

그저 묻고 싶었다.

죽인 건 이해하지만, 왜 그렇게 잔혹하게 고문해야만 했느냐고.

불티가 인간에게 한 짓을 그대로 돌려주고 싶었던 것이냐고.

그렇다면 왜 그걸 굳이 영상으로 찍어서 남긴 것이냐고.

인간들의 영웅이 되고 싶었던 것이냐고.

타배가 그러했듯, 인간의 영웅이 되어 인간들과 힘을 합쳐 범을 몰아내는 것이 목적이냐고.

그런 생각을 하며 걷던 후포가 갑자기 걸음을 멈췄다.

허서가 고개를 들었다.

"주군. 비명이 들리는데요."

마침 후포도 혈향을 맡은 참이었다.

제 70 화
괴물이 온다 part 3

"아직도 인간을 잡아먹는 범이⋯⋯."

거기까지 말한 후포가 입을 다물었다.

공기 중에 퍼진 혈향에 기분 나쁜 냄새가 섞여 있었다.

언젠가 맡아본 냄새. 꿈에도 잊을 수 없는 냄새.

후포의 콧등에 주름이 잡혔다.

"괴물⋯⋯."

옥엽이 왼쪽으로 시선을 던졌다.

"소리는 저쪽에서 납니다, 주군. 어쩔까요?"

인간 따위 도와주고 싶지 않았다.

괴물에게 먹히든 말든 이쪽이 신경 쓸 이유가 전혀 없었다.

게다가 괴물은 터무니없이 강하기도 했다.

인간을 돕느라 내 부하들이 다치는 건 원치 않는다.

하지만.

"아저씨, 우리 엄마가 해준 밥 맛있어요."

그 빌어먹게 따뜻했던 식탁.

그 짜증 나게 다정했던 눈빛.

그 짧은 순간이 자꾸만 후포의 심장을 건드렸다.

저곳에서 괴물에게 잡아먹히는 누군가도 그러한 눈빛을 지을 줄 아는 사람일지도 모른다.

저곳에서 죽어가는 누군가가 불티를 불쌍히 여겼던 사람일지도 모른다.

"후포. 밥은 먹었나?"

그 아둔한 인간 가족들과의 저녁 식사 이후, 타배를 향한 증오에 그 시절을 향한 그리움이 섞인 게 문제였다.

오롯이 존재했던 증오에 생긴 작은 균열이 사라지기는커녕 점점 커지기만 했다.

불티를 잔혹하게 죽인 제하가 원망스럽다.

그러나 모든 인간이 제하와 같지 않다는 걸 알아버렸다.

'나는 저 그림자의 세계로 쫓겨 들어갔을 때 무엇을 원했나?'

전처럼 돌아가기를 바랐다.

평화로웠던 신시.

서로가 서로를 아끼고 도우며 살아가던 고즈넉한 일상.

제하를 증오하고 인간 또한 싫지만.

'그 괴물은…….'

그런 것이 이 신시에 존재하는 한, 모든 인간을 죽인다 해도 예전처럼 돌아갈 수는 없다.

그 때문에 후포는 그저 무시할 수가 없었다.

후포의 손톱이 길게 자라났다.

✧·✧·✧

지네의 몸통에 갈고리 같은 수십 개의 다리, 인간의 얼굴에 잠자리 같은 키다란 눈이 달린 괴물은 지하수로를 이용해서 빠르게 이동하는 중이었다.

지네 괴물은 육십 명쯤 되는 인간을 먹었을 때부터 아버지 환웅과 좀 더 강하게 연결되는 것을 느꼈다.

'아버지'는 우리가 아직 인간들의 눈에 띄기를 원치 않으신다.

마음 같아서는 저 넓은 지상에서 마음껏 돌아다니고 싶지만, 그래서는 안 된다는 생각이 지네 괴물에게 각인되어 있었다.

'열한 명.'

이제 열한 명만 더 먹으면 비로소 인간이 되고, 지상에서 살아갈 수 있다.

지네 괴물은 생전 처음으로 '기대'라는 감정을 품었다.

포수가 울리고 있었다.

인간들은 모르지만, 포수를 누르면 거기서 괴물들만이 느낄 수 있는 파장이 퍼져 나간다.

그곳으로 가기만 하면 싱싱한 인간들과 범들이 있었고, 괴물들은 그저 그것을 단숨에 삼키기만 하면 됐다.

다른 형제들에게 식량을 뺏길세라 빠르게 이동하던 지네 괴물은 바로 위에서 들려오는 목소리에 멈칫했다.

"오늘은 일찍 들어가야 한다니까."

"우리 진짜 오랜만에 만난 거잖아. 좀 더 같이 있다가 가면 안 돼?"

"나도 그러고 싶은데, 정말 안 돼. 부모님이 아직은 늦게 다니는 게 위험하다고 했어."

"범 사라진 지 한참 됐잖아."

"그래도…… 우리 큰아버지 가족이 범한테 당하셨거든. 그래서 더 조심스러우셔. 당분간은 자기가 이해해줘."

지네 괴물은 조금 고민했다.

포수가 울리는 곳으로 갈 것인가, 아니면 이 위에 있는 것들을 먹을 것인가.

고민은 길지 않았다.

지네 괴물은 아직 인간이 되지 못했기에 아둔한 면이 있었고, 바로 위에서 느껴지는 인간의 기척을 향한 식탐을 이기지 못했다.

지네 괴물은 맨홀 뚜껑을 열고 지상으로 올라갔다.

두 명의 인간이 바짝 붙어서 걸어가고 있었다.

그들은 뒤에서 조용히 움직이는 지네 괴물을 눈치채지 못했다.

지네 괴물은 갈고리 같은 다리들을 바르작바르작 움직이며 인간들에게 가까이 접근했다.

인간의 냄새를 짙게 맡을 수 있을 정도로 가까워졌을 때에야.

"꺄아아아아아아!"

"으허헉!"

인간들이 괴물을 눈치채고 비명을 질렀다.

하지만 늦었다.

지네 괴물은 수백 개의 뾰족한 이빨을 드러내고, 체구가 큰 남자를 먼저 삼켰다.

아니, 삼키려 했다.

"끅……."

어둠 속에서 무언가 날아와 괴물의 목을 휘감아 조였다.

목이 부러질 정도로 세게 조여오는 밧줄.

어리둥절해 하면서도 다리로 밧줄을 끊어내려는 지네 괴물의 귀에 낯선 목소리가 들려왔다.

"이런, 이런. 이곳은 식사를 하기에는 너무 많은 사람이 다니는 곳이 아니느냐."

◈◈◈

연미는 쿨럭, 피를 토해냈다.

촉수 괴물의 문어 다리가 연미의 복부를 꿰뚫어 올리고 있었다.

수철은 잘린 다리를 부여잡고 비명을 지르는 중이었고, 다른 동료들은 숨이 끊어진 지 오래였다.

'약점이라니……'

괴물의 약점을 찾으려 했던 게 자신의 오만이라는 걸 깨달았다.

'진짜로 이런 게 있다니……'

고통 속에서도 자신의 선택을 후회했다.

착호가 하는 말을 믿었더라면, 얼마 전 동철이 모이자고 했을 때 그곳에 합류했더라면, 이런 개죽음을 당하지는 않았을 텐데.

"사, 살려주세요…… 살려주세요……."

"으…… 으하하하하. 하하하하하."

범 사냥꾼들이 힘 한번 제대로 못 써보고 당하는 모습에 호프집 안에 있던 일빈인들은 미쳐가고 있었다.

괴물에게 통할 리도 없건만, 무릎을 꿇고 살려달라고 빌거나 허탈한 웃음을 터뜨렸다.

엄마를 찾는 사람도 있고, 어떻게든 빠져나갈 구멍을 찾으려고 두리번거리는 사람도 있었다.

그리고 그중 반은 괴물에게 짓밟히고 찢기고 먹혔다.

괴물의 목 뒤에 달린 촉수 중 하나가 연미를 향해 다가왔다.

여러 개의 촉수마다 날카로운 이빨이 달린 입을 갖고 있었다.

그것이 달칵달칵 소리를 내며 가까워지는 광경이 연미에게는 아주 느릿하게 보였다.

'죽음을 목전에 두면 시간이 느리게 흘러간다더니…… 정말이었네. 의외로 주마등이 보이지는 않고.'

죽음을 앞에 두고 이런 생각이 든다는 게 우스웠다.

처절한 싸움 끝에 죽게 되면 좀 더 멋진 생각이나 유언 같은 걸 남길 줄 알았는데.

콰아아앙-!

펑-!

연미는 호프집의 벽이 터지듯 부서지는 소리를 듣지 못했다.

하지만 다음 순간, 무언가 일어났다는 걸 깨달았다.

눈앞이 캄캄해지는가 싶더니 괴물이 갑자기 몸부림을 치다가 연미를 패대기쳤다.

"끄아아아아아!"

덮쳐오는 격통에 연미가 비명을 지르는 동안, 무언가가 어둠 속에서 빠르게 움직였다.

연미는 고통 속에서도 복부를 부여잡고, 어둠 속을 오가는 이가 누구인지 파악하려고 애썼다.

"으어, 주군! 저 지렁이 같은 거 보이십니까?"

"닥치고 집중해라, 허서."

"주군, 저는 지렁이를 싫어해요."

연미는 그들이 괴물과 싸우고 있다는 걸 깨달았다.

그리고 지금 눈 앞을 가린 어둠이 범들이 사용하는 검은 안개라는 것도 떠올렸다.

'어째서……?

범이 일부러 이곳에 와서 괴물과 싸우는 걸까?

'우리를 도와주려고?'

그럴 리가 없다.

범은 인간을 잡아먹는다. 괴물과 다를 게 없다.

"으악! 주군! 지렁이가 까만 피를 흘려요!"

"허서, 제발 좀 닥쳐!"

"옥엽, 넌 이게 아무렇지도 않아? 정말…… 으아악!"

"내가 너 그 지랄하다가 한 대 처맞을 줄 알았다."

"처맞은 게 아니라 팔 한쪽이 잘렸다고!"

그때.

"끼에에에에에엑!"

이 세상의 것 같지 않은 비명이 호프집을 가득 채웠다.

연미는 어둠 속에서도 괴물의 움직임이 점점 커진다는 걸 알 수 있었다.

'괴물이 허둥거리고 있어.'

범이 이기고 있다.

그렇다고 안심할 수는 없었다.

연미는 당장이라도 기절하고 싶을 만큼 고통스러웠지만, 두 눈을 부릅뜨고 견뎠다.

저 범들이 인간을 도와주기 위해 괴물과 싸우는 건 아닐 것이다.

아마도 괴물과 경쟁을 하는 거겠지.

괴물이 인간을 먹으면 자기들이 먹을 수가 없으니까.

'괴물을 처리한 다음에는 우리를 잡아먹을 거야.'

그러니까 버텨야만 한다.

어떻게든 힘을 남겨뒀다가, 범들이 괴물을 처리하는 순간 기습해서 놈들을 죽여야 한다.

그러지 않으면 이 호프집 안의 인간들은 몰살이다.

"옥엽. 안개를 거둬라."

어둠이 가시기 시작했다.

괴물은 아직 버티고 서 있었으나 처참한 상태였다.

촉수는 모조리 잘리고, 문어 다리도 몇 개 남지 않았다.

"이 새끼들은 도대체가 약점이 없네요."

옥엽이 문어 다리를 끊어내며 투덜거렸다.

허서는 남은 팔 한쪽으로 괴물의 허리 쪽을 공격하고 있었다.

그리고 주군이라고 불리는 검은색 범은 긴 손톱 열 개를 모조리 괴물의 복부에 쑤셔 넣고 마구 헤집었다.

괴물이 검은색 피를 흩뿌리며 '주군'을 떼어내려 했지만 소용없었다.

그는 집요하게 괴물에게 달라붙어 그 속에 담긴 걸 모조리 끄집어냈다.

살려달라고 빌던 사람도, 반쯤 미쳐서 웃어대던 사람도, 우왕좌왕하던 사람도 모두 움직임을 멈추고 범들과 괴물의 싸움을 지켜봤다.

이제 곧 죽을 거란 절망에 빠져 있던 인간들은 범들에게서 희망을 찾았다.

그 순간, 그 자리에 있는 인간들에게 범들은 적이 아닌 영웅이었다.

이윽고.

"끄으········ 으······."

괴물이 마지막 신음을 흘리며.

풀썩-

쓰러졌다.

괴물은 쓰러진 후에도 꿈틀거렸지만, 다시 일어나서 공격할
수 있을 것 같진 않았다.

"연해졌네요."

옥엽이 중얼거리며 괴물을 썰었다.

잠시 후, 괴물은 그 형체도 알아볼 수 없을 만큼 산산조각이
났다.

호프집 안은 고요했다.

세 명의 범은 천천히 뒤를 돌아봤다.

몇 명의 인간은 생각했다.

'범이 우리를 도와줬어! 굉장해!'

또 몇 명의 인간은 생각했다.

'이제 우리를 잡아먹으려는 건가?'

여러 생각이 담긴 공기가 흐르는 가운데, 허서는 바닥에 굴

러다니는 잘린 팔을 가져와서 붙이며 중얼거렸다.

"배가 고파서 그런가, 잘 안 붙네요."

허서의 중얼거림에, 범을 영웅이라고 생각하던 인간들까지도 생각을 바꿨다.

'배가 고프대…… 우리를 잡아먹을 거야!'

연미는 피를 너무 많이 흘려서 온몸이 덜덜 떨렸지만, 그래도 힘겹게 손을 움직여 무기를 쥐었다.

'주군'의 눈동자가 천천히 내려와 연미에게서 멈췄다.

연미는 있는 힘을 다해서 '주군'을 노려봤다.

호랑이 괴물처럼 거대했던 '주군'의 모습이 서서히 작아지고 있었다.

그러더니 어느 순간, '주군'은 그저 인간처럼만 보이는 모습으로 바뀌었다.

"괴물은 저거 하나였나?"

예상치 못한 질문에, 연미는 잠시 망설이다가 답했다.

"작은 것들이……."

"허서, 옥엽. 작은 괴물을 봤나?"

"못 봤어요. 우리가 오기 전에 도망친 것 같아요."

"못 봤습다. 주군. 저, 너무 아파서 먼저 가볼게요."

배가 고프다던 허서는 아무도 잡아먹지 않고 절뚝거리며 호프집을 나갔다.

'주군'은 허서를 돌아보지도 않고 연미에게 말했다.

"저것들이 어디서 나타났는지 봤나?"

"아니……."

'주군'은 잠시 입을 다물고 연미를 내려다보다가 히죽 웃었다.

웃는 모습이 보기 좋다고 연미는 생각했다.

"내가 인간들을 잡아먹을까 걱정인가?"

"……."

"그래서 기절할 것 같은데도 버티고 있군."

"……."

"나는 너 같은 녀석을 싫어하지 않지. 걱정하지 말고 기절해라. 이곳의 인간들은 잡아먹지 않을 테니."

그리고 연미의 눈앞이 새까맣게 변했다.

제71화
괴물이 온다 part 4

'이럴 수가……'

동철을 포함한 범 사냥꾼들은 눈앞에서 전투가 벌어지는 동안 꼼짝도 하지 못했다.

'괴물……'

단지 지네처럼 생긴 괴물 때문에 긴장한 건 아니었다.

이 순간, 괴물과 싸우는 착호 역시 괴물처럼 보였다.

범 사냥꾼들 역시 일반인들보다는 강한 체력과 동체 시력을 갖게 되었음에도 착호의 움직임을 따라잡기가 어려웠다.

돕겠답시고 섣불리 끼어들었다가는 방해만 될 것 같은 상황.

전투 경험이 많은 범 사냥꾼들이기에 착호 일행의 손발이 척척 맞아떨어져서 이 정도의 위력을 낼 수 있다는 걸 알았다.

하루의 붉은 오랏줄은 마치 생명을 가진 듯 움직였다.

빠르게 쏘아져 나가 지네 괴물의 몸뚱이를 휘감았다가 구불거리며 돌아오고, 다시 지네 괴물의 몸 아래쪽을 쳐올렸다.

지네 괴물이 성가셔서 여러 개의 다리를 달그락달그락 움직이며 몸을 비틀었지만, 뱀처럼 움직이는 오랏줄을 피할 수는 없었다.

지네가 오랏줄에 정신이 팔린 동안, 제하의 척살검이 공기를 갈랐다.

터엉-! 터엉-!

검이 지네 괴물의 몸에 부딪칠 때마다 쇠를 치는 것 같은 소리가 났다.

구경하던 범 사냥꾼 한 명이 기가 막힌 듯 중얼거렸다.

"뭐…… 저런 게……."

생물의 몸에서 쇳소리가 나다니.

제하는 쇳소리를 듣자마자 뒤로 한발 물러섰다가 주안에게 말했다.

"외피는 단단해. 번거롭기는 해도 마디 사이사이에 찔러넣어야 해."

주안이 가볍게 고개를 끄덕이며 지네 괴물의 뒤쪽으로 달려갔다.

움직임을 포착한 지네 괴물이 주안을 향해 고개를 돌리더니 여러 갈래로 갈라진 입을 벌리고 가시를 쏘았다.

쐐액-!

살기를 띠고 날아가는 작은 가시는.

타앙-!

도건이 쏜 총알에 막혔다.

가시는 총알에 담긴 힘을 이기지 못하고 공중에서 분쇄되었다.

그러는 동안 지네 괴물의 시야에서 벗어난 세인이 몸 안쪽으로 파고들었다.

그의 손에서 반짝이는 두 개의 단검이 사정없이 지네 괴물의 마디 사이를 파고들 내, 환이 쏜 화살이 쇄도했다.

터엉-! 터엉-! 터엉-!

타앙- 탕-!

화살과 총알이 비처럼 쏟아져 지네 괴물을 강타하자, 지네 괴물은 성가신 듯 이리저리 몸을 비틀어댔다.

그때, 지네 괴물의 뒤로 돌아가서 자리를 잡은 주안이 몸을 낮게 낮추며 마디 안으로 깊숙이 창을 찔러넣었다.

푸욱-!

약점이 없을 것 같은 지네 괴물이라도 유독 약한 부위는 있었다.

날카로운 날붙이가 연한 살을 예리하게 찌르고 들어오자, 지네 괴물이 괴성을 질렀다.

"끼에에에에에-!"

모골이 송연해지는 비명.

"얼른 처리해야 한다. 동료를 부르는 걸지도……."

하루가 오랏줄로 지네 괴물의 다리 중 하나를 감아서 뽑아내며 말했다.

제하는 가볍게 고개를 끄덕이며 지네 괴물을 노려봤다.

기회를 노려야 한다.

단숨에 지네 괴물을 갈라버릴 기회.

지네 괴물이 움직일 때마다 긴 몸을 덮은 외피들이 들썩거렸지만, 마디 사이의 속살이 잘 드러나지는 않았다.

하지만 분명 일검으로 베어낼 기회가 있을 것이다.

제하가 그런 기회를 노린다는 걸 깨달은 호수가 사슬낫을 빙글빙글 돌렸다.

단단한 사슬 끝에 달린 낫이 달빛을 받아 위협적으로 빛나는 둥근 궤적을 만들어냈다.

낫에 충분히 힘이 실리자 호수가 지네 괴물 가까이로 달려갔다.

그의 눈동자가 황금색으로 빛나는가 싶더니, 오른쪽 어깨가 부풀어 오르며 단단해졌다.

아주 짧은 순간, 호수의 오른팔에 힘이 차올랐다.

푹-!

지네 괴물의 꼬리를 향해 내리찍은 사슬낫이 놈의 외피를 뚫고 들어갔다.

"끼에엑!"

호수는 거기서 멈추지 않고 사슬을 끌어당겼다.

콰직- 콰직-

결코 부서지시 않을 것 같았던 강철 같은 외피는 한 번 균열이 생기자 아까처럼 버티지 못했다.

깊이 찌른 낫이 사슬에 끌려 호수에게 돌아가는 동안 지네 괴물의 꼬리 부근 외피 한 마디가 부서졌다.

"키아아아아아!"

깊은 상처를 입은 지네 괴물이 상체를 이리저리 비틀며

비명을 질러댔다.

여러 갈래로 갈라진 입에 턱다리들이 덜컥덜컥 움직이며 사방으로 가시를 쏘아댔다.

가시는 하나하나가 20cm가 넘어서 그것에 당하면 깊은 상처를 입을 터였다.

탕- 타앙- 탕-

쌔액- 쌕-

도건과 환이 쉴 새 없이 총과 활을 쏘고, 하루가 오랏줄을 던져 가시를 막았지만, 사방으로 쏘아지는 가시를 전부 막을 수는 없었다.

다행히 범 사냥꾼들은 넋을 놓고 구경만 하지는 않았다.

저들의 전투에 끼어들지는 못하더라도 할 수 있는 일이 있었다.

"일반인을 보호해!"

그들은 아직도 구석에서 덜덜 떨고 있는 연인에게 달려갔다.

곁눈질로 민간인들이 안전하다는 걸 확인한 제하는 조용히 힘을 끌어모았다.

제하의 금빛 눈동자는 허둥거리지 않고 지네 괴물의 외피 사이에서 연한 살을 찾아 움직였다.

몇 개의 가시가 제하의 몸에도 박혔지만 움찔거리지도 않았다.

한차례 불어온 바람이 제하의 검은 머리칼을 흐트러뜨렸다.

고통에 발광하는 지네 괴물 앞에서 머리카락을 흩날리며 고요히 서 있는 제하의 모습은 마치 해일 앞을 막아서는 어린아이처럼 작고 위태로워 보였다.

그러나 가까이에 있던 호수와 하루는 알 수 있었다.

'찾아냈구나!'

제하의 입꼬리가 슬쩍 올라갔다.

동시에 척살검이 움직였다.

사악-

척살검은 아주 깔끔하게 지네 괴물의 몸통을 가로로 베어냈다.

지네 괴물은 제 몸에 무슨 일이 벌어진 지도 몰랐다.

위쪽과 아래쪽으로 나뉜 두 개의 몸뚱이가 도마 위의 횟감처럼 철썩철썩 움직였다.

하지만 이미 몸통이 갈린 후라 외피를 덮고 있던 단단한 기운이 사라진 터.

큰 힘을 싣지 않은 주안의 창에도, 도건의 총알에도 외피가

뚫리고 부서졌다.

먼저 움직임을 멈춘 건 꼬리 쪽이었고, 그다음에 머리 쪽이 축 늘어졌다.

괴괴한 공기에 둘러싸여 있던 골목은 괴물의 죽음과 함께 산뜻해졌다.

괴물이 풍기는 역한 냄새는 여전히 남아 있었지만, 공기를 내리누르는 듯한 힘이 사라졌다.

괴물이 완전히 죽었다는 걸 확인한 제하는 그제야 제 몸에 박힌 가시들을 빼냈다.

그 모습을 지켜보던 세인이 오만상을 찌푸렸다.

"야, 병원을 가야지, 왜 그렇게 막 뽑아? 그러다가 흉터 남는 다?"

"흉터 좀 남으면 어때?"

"피 나는 것 좀 봐. 안 아파? 너, 그러다 죽어."

제하가 씩 웃었다.

"안 죽어."

왜인지 그런 느낌이 들었다.

이 정도의 상처로는 죽지 않는다.

조금씩, 조금씩 타배의 기억을 되찾아갈 때마다 육체 역시 제힘을 되찾아가고 있었다.

아마 다른 일행도 마찬가지이리라.

그걸 오롯이 제 것으로 받아들이지 못했을 뿐.

세인도 다치면 알게 되겠지. 저도 모르는 새에 육체가 빠르게 회복해나간다는 걸.

도건이 괴물의 머리를 발로 툭 차며 말했다.

"괴물을 죽이는 게 전보다 쉬워졌어. 이놈이 전보다 약한 것 같진 않은데."

확실히 그랬다.

전에는 괴물을 상대하고 나면 만신창이가 되있는데, 이번에는 가시가 몇 개 박힌 걸 빼면 큰 상처는 없었다.

강해지기도 강해졌지만, 모두의 손발이 맞았기 때문이다.

혼자였다면 이렇게 쉽지 않았을 거라고 제하는 생각했다.

환이 주위에 떨어진 화살을 챙기며 물었다.

"아까 그 남자랑 여자는?"

그 말에 제하가 고개를 드는데 옆에서 동철의 목소리가 들려왔다.

"그 사람들은 우리가 돌려보냈다. 범 사냥꾼 두 명을 붙여줬으니 큰 문제는 없겠지. 이런 놈이 또 등장하지만 않는다면."

동철과 범 사냥꾼들은 머쓱한 표정으로 착호를 둘러쌌다.

"이런 게 나타났는데 우리는 무기 한번 꺼내 보지도 못했군."

"전부 너희들에게 맡겨두다니…… 창피하다."

"도저히 끼어들 수가 없더라. 어떻게 그렇게 움직이는 거지?"

"나는 내가 범 사냥꾼 중에서도 상위라고 생각했거든? 와, 너희는 진짜…… 말도 안 되더라. 와, 어떻게 그렇게 싸워?"

범 사냥꾼들이 한마디씩 보태는 말에 제하는 민망해졌다.

칭찬을 받는 일에는 익숙하지가 않다.

다른 일행들도 그런 듯 어색한 표정을 지었지만, 세인만이 턱을 바짝 치켜들고 말했다.

"우리가 좀 하지."

세인의 우쭐거리는 태도에 범 사냥꾼들 사이에 웃음이 일었다.

제하는 주머니에서 휴대폰을 꺼내며 말했다.

"포수가 더 울리지는 않았어?"

그제야 그들은 포수가 울린 곳으로 향하다가 지네 괴물과 마주쳤다는 걸 떠올렸다.

도건이 무거운 표정으로 고개를 저었다.

"이제 안 울려."

황급히 울리던 포수가 더는 울리지 않는다는 건 둘 중 하나였다.

다른 범 사냥꾼들이 일을 해결했거나 포수를 울리던 사람들이 모두 죽었거나.

만약 상대가 괴물이라면 평범한 범 사냥꾼들의 힘으로는 이길 수 없으니 분위기는 몰살 쪽으로 기울어졌다.

모두 어두운 표정으로 골목 너머를 응시했다.

이곳에서는 저 멀리서 얼마나 참혹한 일이 벌어졌는지 알 수가 없었다.

주안이 창을 다잡으며 말했다.

"그래도 가서 확인해봐야겠지?"

제하가 고개를 끄덕이며 걸음을 옮기려 할 때였다.

스아아아―

검은 안개가 강물처럼 밀려와 순식간에 펼쳐져 그들의 시야를 막았다.

"범!"

호수가 짧게 외치며 팔을 휘저었다.

잠시 걷힌 안개 사이로 거대한 덩치의 검은 범이 날카로운 송곳니를 빛내며 달려오는 것이 보였다.

검은 털을 잉걸불처럼 흩날리며 빠른 속도로 접근하는 범.

후포였다.

제 72화
증오의 끝 part 1

호프집을 나설 때만 해도 후포는 옥엽과 함께 주둔지로 돌아갈 생각이었다.

다른 때보다 빠르게 괴물을 처치하기는 했으나 상처를 입지 않은 건 아니었다.

허서는 팔이 잘려서 먼저 돌아갔고, 후포와 옥엽은 괴물에게 당한 상처에서 여전히 피를 흘리고 있었다.

얕은 상처는 금방 회복되지만 깊은 상처가 두어 개 생긴 게 문제였다.

게다가 괴물이 흩뿌린 검은 피에는 독성이 있는지, 피에 닿은 부분이 쓰리고 화끈거렸다.

그건 범이 가진 고유의 능력인 '상처 회복'으로도 쉽게 치료

되지 않았다.

하지만 몇 걸음 떼기도 전에 냄새를 맡았다.

비릿하고 역겨운 괴물 냄새에 미미하게 섞인 냄새.

잊을 수 없는 냄새.

"제하."

냄새의 방향을 알자마자 후포는 총알처럼 쏘아져 나갔다.

그리하여 제하를 찾아냈다.

제하를 찾자마자 죽일 생각은 없었다.

후포는 자신이 이미 몇 번이나 제하에게 상처를 줬다는 걸 알고 있었다.

그의 아버지인 풍래를 죽였고, 인왕산에서는 제하를 거의 죽기 직전까지 몰아넣었다. 그럼에도 제하는 충분히 죽일 수 있는 상황에서 후포를 죽이지 않았다.

그것은 후포에게 마음의 빚이었다.

불티가 고문당해서 죽어가는 영상을 보기 전까지는.

그래도 제하를 죽일 생각은 없었다.

붙잡아서 얘기를 들어볼 생각이었다.

대체 왜 그렇게까지 잔혹하게 불티를 죽인 건지, 복수하려는 마음은 알지만 그걸 굳이 영상으로 퍼뜨린 이유가 무엇인지.

하지만 동료들에게 둘러싸인 제하를 보는 순간, 터무니없는 분노가 터져 나왔다.

동료들과 함께인 제하는 마치 타배 같았다.

혼혈이면서도 모두에게 사랑을 받았던 타배.

언제나 주위에 친구가 끊이지 않았던 타배.

그리하여 후포도 참으로 좋아할 수밖에 없었던 타배.

타배를 좋아하는 만큼 믿었다. 믿었던 만큼 배신감에서 비롯된 증오가 커졌다.

모든 것이 멈춘 그림자의 세계에서 보낸 까마득한 시간이 겹쳐졌다.

"죽어라."

후포는 망설임 없이 제하의 왼쪽 가슴을 향해 긴 손톱을 찔러넣었다.

째앵-!

하지만 손톱은 제하의 가슴을 뚫지 못했다.

어디선가 날아온 낫이 손톱에 얽혔다.

고개를 돌리자 황금빛 눈동자를 빛내는 호수가 보였다.

후포가 손톱을 거두며 콧등을 찡그렸다.

"너도 잡종인가?"

"그놈의 잡종 타령!"

날카로운 외침은 호수에게서가 아니라 후포의 반대쪽에서 들려왔다.

살기를 느낀 후포가 몸을 비틀었다.

하나의 단검은 피했지만, 시간 차를 두고 찔러오는 또 하나의 단검까지 피하지는 못했다.

날카로운 단검이 후포의 옆구리를 베었다.

싸늘한 통증이 퍼졌지만, 친우에게 배신당해 긴긴 세월 그림자의 세계에서 살던 아픔과는 비할 바는 아니었다.

후포의 시선은 오롯이 제하에게 향해 있었다.

분노에 점철된 후포는 제하의 눈동자에 담긴 슬픔과 고통, 분노를 읽지 못했다.

지금 이 순간, 후포에게 있어서 제하는 '타배'일 뿐이었다.

흐트러진 머리칼, 황금빛 눈동자와 척살검, 그리고 미미하게 흘러나오는 묘한 기운.

제하에게서 흘러나오는 기운은 타배의 것과 몹시도 비슷했다.

"왜……."

제하의 붉은 입술이 달싹거렸지만, 후포는 그의 말을 들어줄 생각이 없었다.

타배도 그러했으니까.

아무리 대화를 시도해도 들어주지 않고 범들을 학살했으니까.

탕-!

파열음과 함께 허벅지에 뜨거운 통증이 일었다.

아무리 후포라도 그 통증을 이기기 힘들어 비틀거렸다.

제하의 목을 노렸던 손톱이 목적지에 닿지 못했다.

"제하야, 피해!"

환이 활을 후포의 이마에 겨누며 외쳤다.

하루의 오랏줄이 후포의 가슴팍을 세게 쳐올리고 돌아갔다가 다시 쏘아져 후포의 턱을 갈겼다.

뇌가 울리는 고통에 후포가 다시 비틀거렸다.

후포는 자신이 불리하다는 걸 알았지만, 멈출 수가 없었다.

여기서 멈춘다면 그때 죽어간 내 동족의 설움은, 불티의 고통은 누가 갚아준단 말인가?

"주군!"

뒤에서 옥엽의 외침이 들려왔다.

"오지 마라!"

후포는 외쳤다.

이곳에 오면 옥엽도 죽는다.

자신의 증오에 옥엽을 끌어들이고 싶지 않았다.

후포의 어깨에서 어두운 기운이 스멀스멀 퍼지며 증오가 공기를 까맣게 물들였다.

후포는 자신에게 승산이 없음을 알면서도 몇 번이나 더 공격을 가했다. 제하만을 노린 공격은 제하의 동료들에게 번번이 막혔다.

보고 있을 수만은 없었던 옥엽이 후포를 도와주려 했지만, 범 사냥꾼들이 앞을 막아섰다.

옥엽이 이빨을 드러냈다.

"네놈들이 날 이길 수 있을 것 같으냐?"

"적어도 저 녀석들에게 시간을 벌어줄 수는 있겠지."

죽음을 각오한 인간들의 태도에 옥엽이 움찔했다.

동족을 살리기 위해 희생했던 오래전의 동료들이 떠올랐기 때문이다.

그러는 동안에도 후포의 외로운 싸움은 계속되고 있었다.

후포는 점점 더 화가 났다.

차라리 제하가 척살검을 들고 잔인한 미소를 띠며 공격이라도 해온다면 이처럼 답답하지는 않을 것이다.

하지만 제하는 척살검을 아래로 늘어뜨린 채 조용히 후포를 응시하고만 있었다.

제하의 동료들 역시 몇 번이나 기회가 있었음에도 후포의 급소를 공격하지는 않았다.

허벅지, 손목, 종아리 등 큰 타격이 없을 부분만 공격했을 뿐.

그래서 후포는 더욱 속이 끓었다.

마치 자신이 잘못된 선택을 하는 것만 같은 기분이 들었다.

"왜!"

슬픔과 고통, 그 이상의 증오가 담긴 목소리가 어둠을 찢었다.

"왜 가만히 서 있는 거냐! 검을 들어라, 제하!"

"어머니랑 아버지가 죽었어."

낮고 작은 목소리가 격노를 가르고 후포의 귀에 닿았다.

"나는 무슨 일이 벌어졌는지도 몰랐어. 나한테 아버지는 그냥…… 그냥 아버지였어. 엄할 때는 엄하지만 대부분은 다정했거든. 나를 이렇게……."

제하가 두 손을 어깨 쪽으로 들어 올렸다.

후포의 공격은 계속되고, 착호 일행은 격렬하게 움직이며 후포의 공격을 막아내고 있었지만, 제하만이 마치 외딴곳에 떨어져 있는 듯 담담히 이야기했다.

"이렇게 목말을 태워주곤 하셨지. 어머니는……."

이때, 제하의 목소리가 조금 떨렸다.

그 음성에 담긴 슬픔에 후포의 분노에 작은 균열이 생겼다.

"옛날 얘기를 자주 해주셨지. 아, 그래……, 이제 기억난다. 옛날 옛날 아주 먼 옛날에 사이좋게 지내던 호랑이와 곰에 대한 이야기였어."

범 사냥꾼들에게 둘러싸여 있던 옥엽의 송곳니가 점점 짧아졌다.

"그 이야기의 끝을 알지는 못해. 나는 어머니 목소리를 정말 좋아해서, 아주 많이 좋아해서, 어머니의 이야기를 듣다 보면 잠이 들었거든."

제하가 눈을 들었다.

그 눈동자에서 증오나 분노는 찾아볼 수 없었다.

태양처럼 빛나는 눈동자를 채운 건 그저 그리움뿐.

"그냥. 그랬어. 그렇게. 평범했어. 나한테는 그냥 그렇게. 정말 그냥. 그냥. 그렇게. 엄마. 아빠였어."

한 단어, 한 단어를, 제하는 곱씹듯이 말했다.

그 단어와 단어 사이에 스민 눈물이 후포의 증오를 깨뜨렸다.

"언젠가는 말이야. 나도 애가 생기겠지?"

아주 오래전, 신시가 아직 평화로웠던 어느 날.

비가 많이 내려서 무너진 둑방을 고치며 풍래와 나눴던 대화가 떠올랐다.

"후포, 자네도 알다시피 나는 그냥 노는 걸 좋아하잖아. 내가 제일 좋아하는 건 저 나무 위에서 잠을 자는 거거든."

"자네 게으름은 세상이 알아주지."

"그러니까, 그게 문제야. 보백을 보면 애가 하나인데도 아주 죽을 것 같아 하더라고."

보백에게는 어린 아들이 한 명 있었다.

"애가 진짜 잠시도 가만히 있지 않는데, 보백, 그 성격 더러운 놈이 애를 혼내지도 않고 안아주더라니까. 나는 그렇게는 못 할 것 같아. 자신이 없어."

후포는 그때 자신이 어떤 대답을 했는지 기억해낼 수가 없었다.

그래도 풍래가 그 대화의 끝에 했던 말을 똑똑히 기억했다.

"그래도 날 닮은 아이면 진짜 귀엽겠지? 세상에서 제일 사랑해줘야지."

쨍강-!

굉음과 함께 무언가가 깨졌다.

후포는 그게 자신을 둘러싼 증오, 분노, 혹은 아집, 그 비슷한 것이라는 걸 깨달았다.

후포가 두 팔을 늘어뜨렸다.

길게 자라났던 손톱이 서서히 줄어들었다.

제하는 그런 후포를 조용히 응시하고 있었다.

제하는 울지 않았고, 덩치도 후포만큼 컸지만, 후포의 눈에는 그가 웅크리고 앉아 훌쩍거리는 어린아이로 보였다.

"왜…… 죽였어?"

제하의 입술 사이로 가장 듣고 싶지 않았던 질문이 흘러나왔다.

"그냥. 우선은. 얘기를 해볼 수도 있었잖아. 친구…… 아니었어?"

제하의 음성은 부드럽게 느껴질 만큼 담담했지만, 그 내용은 송곳이 되어 후포의 심장을 찔렀다.

친구.

그랬다. 친구였다.

풍래는 아이를 키우는 일에 자신 없어 했지만, 그래도 아이를 아주 많이 사랑해줄 거라고 했었다.

그런 대화를 나눌 정도로.

친구였다.

"배신⋯⋯자였다⋯⋯."

후포는 창피했다.

친구의 아들 앞에서 제 잘못을 덮기 위해 변명을 늘어놓는 자신이 처참했다.

"네 아비는 우리를 배신하고 곰족인 네 어미와 연을 맺었지."

후포는 주먹을 쥐었다.

변명을 늘어놓는 지금에 와서야 떠오르는 일이 하나 있었다.

풍래를 죽이기 직전, 그의 슬픈 눈빛과 안타까운 중얼거림.

"후포⋯⋯, 조금만 더⋯⋯ 방법이⋯⋯."

증오에 지배당했던 그때는 풍래의 말을 목숨을 구걸하기 위한 발악으로만 여겼다.

하지만 인제 와서는 정말 그랬던 건지 의문이 들었다.

후포가 아는 풍래라면 자기 혼자만 자유를 되찾아서 좋다고 즐기지는 않았을 것이다.

만약 풍래가 무녀인 제하 어머니를 설득해서 함께 결계를 완전히 깨뜨릴 방법을 찾고 있었다면?

누구도 죽지 않도록 안전한 방법으로 그림자 세계를 구원할 방법을 찾고 있었다면?

실제로 후포가 제하를 이용해서 결계를 깨뜨린 방법은 완전하지 못했다.

그래서 그림자 세계에는 미처 밖으로 나오지 못한 범족이 많이 남아 있었다.

후포의 눈동자가 하염없이 흔들렸다.

다리가 꺾였다.

피를 흘리며 너무 많이 움직인 탓이다.

후포를 지탱하고 있던 투지가 사라지자 더는 버틸 재간이 없어서 무너지고 말았다.

"주군!"

옥엽의 외침을 마지막으로 후포는 정신을 잃었다.

제 73 화
증오의 끝 part 2

옥엽은 후포가 바닥에 쓰러지기 전에 받아들고 나서야, 범 사냥꾼들이 자신을 막지 않았다는 걸 깨달았다.

옥엽은 고개를 들어서 제 앞에 서 있는 제하를 올려다봤다.

제하는 왜인지 '타배'와 비슷한 느낌이 들었지만, 그의 눈은 아버지인 풍래와 많이 닮았다.

한동안 침묵이 흘렀다.

좁은 골목에 이토록 많은 사람이 있는데도 숨소리마저 희미할 정도로 고요했다.

그 묵직하고 슬픈 적막을 깬 건 제하의 목소리였다.

"나는 불티를 고문하지도, 죽이지도 않았어."

옥엽 역시 그럴 거라고 확신했다.

제하의 말 때문이 아니라 그의 맑은 눈동자를 마주했을 때부터 알았다.

하지만 마음이 흔들리는 이유는 '타배' 때문이었다.

타배 역시 제하처럼 맑고 깊은 눈동자를 갖고 있었지만 범족을 잔혹하게 학살했다.

옥엽의 흔들림을 눈치챈 듯 제하가 한마디 더 덧붙였다.

"범족을 학살한 건 타배가 아니야."

"타배였어."

"그 영상 속의 남자도 나처럼 보였지."

옥엽은 뒤통수를 맞은 기분이 들었다.

그 영상 속의 남자는 척살검을 갖고 있었고, 제하와 똑같은 뒷모습이었다.

그런데 제하가 아니다.

만약 그때, 그 잔혹한 타배도 지금과 마찬가지 상황이었다면?

경악에 두 눈을 부릅뜨는 옥엽을 내려다보며 제하가 쓴웃음을 지었다.

"범족도 인간도 서로 싸우고 죽었어. 그리고 저건."

제하가 검지로 부글부글 끓기 시작한 지네 괴물의 사체를 가리켰다.

"범족과 인간을 가리지 않고 잡아먹고 있지."

"……"

제하가 고개를 들었다.

검은 머리칼이 제하의 눈을 덮어서 옥엽은 그가 어떤 표정을 짓고 있는지 알 수 없었다.

다만 꼭 움켜쥐는 그의 주먹에서 그의 슬픈 갈등이 전해졌다.

"나도 당신들이. 특히 그 사람이 싫어."

제하는 후포를 '사람'이라고 말했다.

"정말 싫어."

대화는 거기서 끝이었다.

제하는 옥엽을 돌아보지 않고 그대로 발을 옮겼고, 착호와 범 사냥꾼들도 그의 뒤를 따랐다.

하지만 옥엽은 제하가 무엇을 말하고 싶어 하는지 알 수 있었다.

괴물이 우리의 적이야.

소파에 느긋하게 앉아 있던 환웅이 번쩍 눈을 떴다.

그의 눈동자가 어둡게 빛났다.

"또……."

지귀가 죽었다.

또 다른 아이도 죽었다.

거의 동시에 벌어진 일이었다.

환웅은 두 눈을 질끈 감았다.

그는 무표정했지만 그의 전신에서 격한 분노가 흘러나오고 있었다.

"내가 너무 내버려뒀나?"

아이들을 만드느라 힘을 거의 소진한 탓에 쉽게 나설 수가 없는 상황이었다.

때문에 아이들이 인간과 범을 먹고 충분한 힘을 기를 때까지는 인간과 범의 갈등을 부추겨서 그들의 수를 줄일 계획이었다.

인간과 범이 흘린 피는 땅에 스며들어 자라나는 아이들의 양분이 될 테니 일석이조였다.

그런데 범과 인간은 날이 갈수록 서로를 죽이지 않게 되고 설상가상으로 잘 키운 아이들이 둘이나 동시에 죽었다.

좋지 않다.

불길했다.

충분한 준비가 끝날 때까지 환웅은 제 정체를 드러낼 생각이 없었다.

마지막의 마지막 순간, 승리가 확실해졌을 때 모두에게 보여 줄 생각이었다.

너희가 그토록 무시하던 존재가 바로 이곳에서 너희를 내려 다보고 있다.

어떠하냐? 있는지도 모를 만큼 무의미했던 존재의 발아래에 엎드려야만 하는 기분은.

하지만 생각과 다르게 흘러가는 범과 인간의 움직임이 환웅을 초조하게 만들었다.

"아니, 아니, 아니."

환웅은 검은 부채를 펼쳐 들고 살살 흔들며 섣부르게 움직이려는 자신을 다독였다.

"다른 방법이 있지요."

돈을 좋아하는 인간들을 아우르면서 범족의 마음까지 얻을 수 있는 방법.

그 방법이 떠오르자마자 환웅은 어딘가로 전화를 걸었다.

한 시간도 지나지 않아서 한 무리의 기자들이 이살 타워를 방문했다.

❖❖❖

허서가 끙끙거리며 본부에 들어갔을 때, 마로는 소파에 우두커니 앉아 있었다.

허서는 마로가 아직도 불티의 영상을 보고 있나 싶어서 흘끔 TV를 확인했다.

뉴스가 흘러나오고 있었다.

"난 다쳤다."

허서가 마로의 옆에 앉아서 자신의 잘린 팔을 휘둘러 보이며 말했다.

넋이 나간 듯 정면을 보고 있던 마로가 허서를 돌아보지도 않고 말했다.

"속 시끄럽게 하지 말고 팔이나 붙여."

"배가 고파서 잘 붙을까 모르겠네."

인간을 먹은 지 오래된 허서는 전보다 훨씬 약해진 상태였다.

"이제는 말이야. 내가 괴물인지 범인지 모르겠다니까?"

허서는 잘린 팔을 붙이려고 시도하며 말했다.

"생각해보면 인간은 곰족이잖아. 그런데 나는 곰족을 먹어야만 힘이 나. 옛날이었다면 이런 걸 상상이나 할 수 있겠냐?"

"……."

"제길…… 신단수만 있었어도……."

범족과 곰족의 힘은 신단수에서 흘러나왔다.

곰족은 신단수가 없는 세계에 살면서 그에 적응해왔지만 범족은 아니었다.

시간이 멈춘 그림자의 세계에 있던 범족에게는 신단수가 흘려보내던 고대의 힘이 필요했다.

ㄱ 때문에 고대의 힘을 미약하게나마 가진 인간을 먹이야만 체력을 회복할 수가 있었다.

"우리도 그냥 컵라면이나 빵 같은 거나 먹으면서 살 수 있으면 좋을 텐데. 안 그러냐, 마로?"

허서는 마로의 관심을 불티로부터 돌리기 위해 아무 말이나 쏟아냈다.

이윽고 옥엽이 후포를 부축해서 돌아왔다.

후포의 혈향이 방 안을 가득 채웠는데도 마로의 눈동자는 여전히 TV 속, 이살 그룹의 환웅에게 꽂혀 있었다.

"주군! 옥엽, 무슨 일이냐?"

허서가 반만 붙어서 덜렁거리는 팔을 흔들며 달려갔다.

[물론 제하도 우리 인간들을 위해 그 불쌍하고 가련한 범을 그렇게 고문한 것이겠지요. 하지만 우리는 다름 아닌 인간. 인간이 넘어야 할 선이라는 게 있답니다. 그렇지 않은가요?]

허서의 목소리와 환웅의 목소리가 섞였다.

옥엽이 후포를 침대에 내려놓으며 아까 벌어진 일을 설명하는 동안에도 환웅은 미미한 미소를 띤 채로 계속해서 말했다.

[복수심 때문에, 증오 때문에, 잔혹한 살생을 범하는 걸 못 본 척 넘어간다면, 작은 일에도 분노하여 상대를 죽이려는 사람들이 늘어나지요. 그렇게 세상은 무법지대가 되어가는 것이랍니다. 제하는 범을 죽일지언정 고문을 해서는 안 됐던 거지요. 용납할 수도, 용서할 수도 없는 일이 벌어졌어요.]

허서는 옥엽의 설명을 들으면서도 눈은 TV로 향해 있었다.

[제하가 또 그렇게 범을 고문하고 죽인다면 우리가 괴물이 되어버릴 터. 그리하여 나, 이 환웅은 아주 오랜 고민과 슬픔

속에서 결단을 내렸습니다.]

옥엽도 설명을 멈추고 TV를 보았다.

[제하.]

제하의 얼굴이 화면을 가득 채웠다.

약간 흐트러진 듯한 검은 머리칼, 갸름하고 작은 얼굴에 조화롭게 자리 잡은 눈코입.

짙은 눈썹 아래의 선량한 눈매, 입가에 어색한 미소를 띤 제하는 어디에서나 볼 수 있는 평범한 청년으로 보였다.

[이 남자를 지명수배하겠습니다. 여차하면 죽여도 좋지요. 현상금은 얼마로 할까요? 한…… 50억?]

그 순간, 마로의 입가에 차가운 미소가 걸렸다.

마로의 어깨에서 검은 안개가 예리하게 흘러나오다가 움직임을 멈췄다.

마로의 입술이 열리고 음산한 음성이 새어 나왔다.

"늦었다."

뭐가 늦었다는 거지?

허서와 옥엽이 그에 대해 묻기도 전에 마로가 벌떡 일어나 성큼성큼 다가왔다.

침대 옆에 서 있는 허서와 옥엽이 보이지 않는다는 듯 마로는 후포만을 응시했다.

"주군!"

마로가 후포의 팔을 잡고 흔들었다.

"주군! 일어나십시오! 지금 주무실 때가 아닙니다!"

마로의 기세에 넋을 잃고 있던 옥엽이 마로의 손목을 붙잡고 으르렁거렸다.

"뭐 하는 거야, 마로! 주군께서는 크게 다치셨어!"

마로는 성가신 듯 옥엽의 손을 털어내더니 검지 손톱을 길게 뽑아서 제 팔목을 그었다.

허서가 당황해서 외쳤다.

"마로!"

마로는 들리지 않는 듯 후포의 턱을 잡아서 입을 벌리더니 그 위로 자신의 팔을 가져갔다.

팔뚝을 타고 흐른 붉은 선혈이 후포의 입 안으로 뚝뚝 떨어졌다.

당혹감에 젖어 있던 옥엽이 뒤늦게 정신을 차리고 마로를 말리려 했지만, 마로가 두 눈을 부릅뜨고 옥엽을 노려봤다.

"필요한 일이다."

옥엽은 마로가 미친 게 분명하다고 생각했다.

제 동생을 잃더니 머리가 어떻게 됐나 보다.

옥엽이 허서를 쳐다보자, 허서가 검지로 관자놀이 주위를 빙글빙글 돌리고는 고개를 저었다.

불쌍하니 하고 싶은 대로 놔두라는 의미였다.

옥엽은 아랫입술을 질근 씹었다.

제하와의 일 때문에도 마음이 복잡한데 마로까지 이렇게 되다니.

지금껏 해온 모든 일이 무의미하게 느껴지며 어깨에서 힘이 빠졌다.

그때 후포가 작은 신음을 내며 정신을 차렸다.

입안에 맴도는 혈향이 동족의 것이라는 걸 깨달은 후포가 손을 휘둘러 마로의 팔을 쳐냈다.

번쩍 뜬 두 눈은 지금껏 기절해 있었던 사람답지 않게 흉흉했다.

"뭐 하는 짓이냐, 마로."

"제하가 아닙니다, 주군."

"뭐?"

"제 아우를 고문하고 죽인 건 제하가 아닙니다."

후포가 눈을 감았다.

마로는 자신의 주군이 몹시 지쳤다는 걸 알 수 있었다.

육체의 고됨보다는 마음이 무너져가고 있는 것이리라.

지금 하려는 말은 주군의 마음을 지금보다 더 흔들어놓을 지 모르지만, 그렇다고 숨길 수도 없는 일.

불티는 죽어가는 순간에도 그 사실을 알리기 위해 노력했다.

그러니 전해야만 한다.

마로는 마음을 다잡고 입을 열었다.

제 74 화
증오의 끝 part 3

"주군. 불티는 목숨을 구걸하지 않았습니다."

후포의 눈꺼풀이 천천히 올라갔다.

허서와 옥엽도 영문을 알 수 없다는 듯 마로를 쳐다봤다.

마로가 곱씹듯이 말했다.

"단 한순간도 목숨을 구걸한 적 없습니다."

"그러면 그자에게 욕이라도 퍼부은 기냐?"

"타배가 아니야."

그 말에 후포의 눈동자가 번뜩 빛났다.

마로는 그런 후포를 가만히 응시하며 이어 말했다.

"불티는 그렇게 말했습니다. 타배가 아니라고."

옥엽이 마른침을 삼켰다.

아까 제하도 그런 말을 했다.

"범족을 학살한 건 타배가 아니야."

터무니없는 말이었다.

제하는 그 시대의 사람이 아니니 타배와 범족 사이의 갈등을 알고 있을 리 없었다.

하지만 황당무계하다고 생각하면서도 그 말을 무시하기 어려웠다.

그런데 지금 마로가 같은 소리를 하고 있다.

불티가 죽어가면서 그런 말을 남겼다고 한다.

'마로가 제하와 손을 잡고 범족의 뒤통수를 치기 위해 말을 맞췄을 가능성은?'

옥엽은 문득 떠오른 생각을 지웠다.

마로는 누구보다도 인간을 증오했고, 제 동생을 죽인 제하를 미워했다.

그런 마로가 이유도 없이 제하와 손을 잡을 리가 없다.

허서와 후포도 옥엽과 같은 생각을 한 듯 표정을 굳혔다.

잠시 침묵이 흐른 후 후포가 말했다.

"타배가 아니라면 누구란 말이냐?"

"그건 저도 모릅니다."

"마로……."

"하지만 지금 제 아우를 고문하고 죽인 게 누군지는 알 것 같습니다."

"누구지?"

마로가 천천히 고개를 돌렸다.

모두가 마로의 시선을 따라갔다.

마로의 눈동자가 멈춘 곳은 TV였다.

뉴스에서는 아직도 이살 그룹 환웅의 사진을 띄워두고 그가 제하에게 어마어마한 금액의 현상금을 걸었다는 사실을 전하고 있었다.

"이살 그룹의 환웅."

마로의 말에 허서가 코웃음을 쳤다.

"마로. 저 인간이 얼마나 가진 게 많은 인간인 줄은 알아? 저 TV도, 여기 이 침대도, 전부 저 인간이 운영하는 회사에서 만든 거래. 그런 인간이 뭐가 부족해서 불티를 고문하고 그런 영상을 올려?"

"주군. 저희는 저 인간을 만났습니다."

마로는 허서를 무시하고 후포에게 그동안 불티와 해왔던 일을 고했다.

불티가 고문당하는 영상을 보는 바람에 뒤로 미뤄뒀던 이야기.

마로와 불티에게 접근한 환웅의 제안, 그리고.

"피가 바닥으로 스며들었습니다. 처음에는 그저 인간들이 만들어낸 묘한 시스템인 줄로만 알았는데……. 주군, 아십니까? 저 밖에서 피를 흘려도 피가 땅으로 스며듭니다."

공기가 싸늘하게 얼어붙었다.

이 믿기 어려운 이야기를 허서와 옥엽은 어떻게 받아들여야 좋을지 알 수 없었다.

묵묵히 마로의 이야기를 듣고 있던 후포가 입을 열었다.

"단지 그것만으로 저자를 의심하는 거냐?"

"아니요."

마로가 씩 웃었다.

아까 "늦었다."고 말할 때 지었던 것과 비슷한 미소였다.

하지만 그때보다 차갑고 묵직하게 날 선 미소.

"환웅이 제하에게 현상금을 걸었습니다. 불티를 가련한 범이라고 표현하더군요. 어때요, 주군? 상당히 의심스럽지 않습니까?"

허서와 옥엽은 무엇이 의심스럽다는 건지 알 수 없었다.

하지만 놀랍게도 후포는 고개를 끄덕였다.

"이상하군."

"그렇죠."

"뭐, 뭐가 이상하다는 거예요? 전 전혀 모르겠어요."

참다 못한 옥엽이 끼어들었다.

마로가 옥엽을 돌아봤다.

"방식이 같잖아."

"방식이?"

"불티를 죽인 게 제하라면, 제하는 인간들에게 영웅이어야 하지. 우리는 인간을 잔혹하게 고문하고 죽였으니, 이 와중에 사람들을 선동해서 제하를 범죄자로 모는 건 미친 짓이야. 저러면 대체 누가 인간들을 지키며 범과 싸우려 들겠어?"

"하지만 방식이 너무 잔혹하다고……."

"사냥꾼 놈들이 우리 동족을 죽이는 영상은 널리고 널렸어. 범의 머리를 베고 낄낄 웃어대는 영상도 있지."

여전히 못 알아듣는 허서와 옥엽에게 후포가 말했다.

"환웅이란 자는 인간들 사이에서 제하를 고립시키고 한편으로는 우리 범들의 마음을 얻으려 한다. 인간이면서도."

"하, 하지만……."

"옥엽. 기억 못 하느냐? 범 사냥꾼들을 선동해서 범들을 잡아 목을 베게 한 것이 누구인지."

그제야 옥엽의 머리를 스치는 생각이 하나 있었다.

이살 그룹의 환웅이었다.

환웅은 범의 머리에 현상금을 걸었다.

굳이 머리를 베지 않아도 될 텐데 머리를 베게 만들어 범들의 증오심이 더욱 깊어지도록 만들었다.

그러더니 이제는 범을 위로하듯 제하에게 현상금을 걸었다.

이제 인간들은 제하를 붙잡아 막대한 현상금을 받으려고 할 것이다.

그렇다면 제하의 검 끝은 어디로 향할까?

그의 동료들은 누구를 증오하게 될까?

묵묵히 이야기를 듣던 허서가 중얼거렸다.

"그때와 비슷하군요."

언제인지 정확하게 말하지 않았는데도 그 자리에 있던 범들은 그때가 언제인지 알았다.

범족이 타 종족을 죽이고 다닌다는 누명을 썼을 때.

그리하여 모두에게 따돌림당하고 고립되다가 수세에 밀려 타배에게 척살 당했을 때.

신시를 손에 넣고 싶어 하는 타배의 욕망 때문에 모든 것이 어그러졌다고만 생각해왔다.

　하지만 지금 이 신시에서 벌어지는 상황을 보아하니, 그것이 오롯이 타배가 벌인 짓만은 아닌 것 같았다.

　후포의 콧등에 깊은 주름이 생겼다.

　"모두 저놈의 손안에서 놀아나고 있었군."

　"그렇죠. 하지만 저놈은 너무 늦었습니다. 우리가 진실을 알아버렸으니. 그리고 제하도……. 제하도 저놈 때문에 흔들리지는 않을 겁니다."

　옥엽은 아까 마로가 왜 늦었다고 했는지 깨달았다.

　제하의 올곧은 눈동자는 외부의 압력에도 결코 흔들리지 않을 것처럼 견고하게 빛났다.

　어리석은 인간들이 돈 때문에 제하를 덮친다 해도, 제하가 인간들에게 검을 겨누는 일은 없을 것이다.

　후포가 침대에서 내려왔다.

　"이제 멍청한 짓은 관둬야겠군."

　후포는 두 손으로 얼굴을 문질렀다.

　커다란 손이 내려갔을 때, 그 뒤에 가려져 있던 눈은 더 이상 흔들리지 않았다.

짙은 눈썹 아래의 호박색 눈동자가 천연한 빛을 내뿜었다.

"동족을 불러들여라."

✦✦✦

환웅은 제하에게 큰 현상금을 걸면 인간들이 모두 제하를 잡기 위해 움직일 거라고 예상했다.

하지만 그의 선언은 오히려 인간들의 의심을 불러일으켰다.

"제하를 왜……?"

"착호는 그동안 목숨을 걸고 싸웠잖아."

"날 구해줬는데."

"우리 어머니를 구해줬는데."

"고문한 건 진짜 너무 잔인하긴 했는데 그게 현상금을 50억이나 걸면서 잡을 일인가? 마치 제하가 범죄자라도 되는 것 같잖아."

"범 죽였다고 현상금을 걸면 앞으로 누가 범이랑 싸워?"

"요새 범이 조용해지니까 더는 필요 없다고 팽하는 건가?"

"진짜 너무한다. 범 사냥꾼들이 보호비 따로 받고 그럴 때도 착호는 보호비 한 번 받은 적 없는데."

"목숨 걸고 싸워도 결국은 수배자 신세만 되네. 나한테 범 사냥꾼 능력이 없어서 다행이라고 해야 하나?"

"제하, 불쌍해."

"안됐다."

"이래서 남을 위해 싸우면 안 된다니까. 돌아오는 게 하나도 없잖아."

그 무엇보다도 제하를 잡아들이는 걸 우선으로 하라는 명령을 받은 경찰과 군인들도 이상하게 여기기는 마찬가지였다.

"이거 어째 범 잡을 때보다 더 심하게 굴리는 것 같지 않습니까?"

"X발. 우리 형이 범 새끼들한테 죽었거든? 나는 제하 그 영상 보니까 속이 시원하더만."

"제하가 역적 취급을 받을 일입니까? 남들이 보면 제하가 범들의 대장이라도 되는 줄 알겠습니다."

"왜 우리가 범도 아니고 우릴 위해 싸운 범 사냥꾼을 잡으려고 움직여야 하지?"

"환웅이 무슨 생각인지 모르겠습니다."

인터넷에도 묘한 글들이 올라왔다.

포수를 누르면 괴물이 나타난다.

괴물에게 죽을 뻔했는데 범들이 도와줬다.

신시는 아직 안전하지 않다.

그런 글들은 올라온 지 십수 분도 되지 않아서 삭제 조치를 당했지만, 바퀴벌레처럼 여기저기에 자꾸만 올라오는 글들을 '누군가'가 모두 삭제하기는 힘들었다.

물론 막대한 현상금에 눈이 멀어서 제하를 잡기 위해 나선 사람들도 있었다.

하지만 대다수의 마음에는 의문과 의심이 조용히 자리 잡기 시작했다.

그럴 때에 착호의 싸움에 동참하기로 한 범 사냥꾼들 사이에는 작은 균열이 생겼다.

'괴물'을 직접 목도한 공포.

며칠 전, 쉴 새 없이 울리는 포수 때문에 달려나갔다가 괴물과 마주친 범 사냥꾼들은 영상으로 봤을 때와는 비교할 수 없을 만큼 괴괴한 분위기에 압도당했다.

영상은 괴물이 흘리는 파괴적인 힘을 반의 반도 담지 못했다.

괴물에게서 흘러나오는 기운은 상상한 것 이상으로 압도적이어서 다리가 풀려 주저앉지 않은 것만도 요행이라는 생각이

들 정도였다.

"내가 그런 괴물이랑 싸울 수 있을까? 그때야 착호가 있어서 우리는 무기를 쥘 기회도 없었잖아. 그런데 우리가 매번 착호랑 같이 다니는 것도 아니고……. 만약 우리끼리 있을 때 그런 괴물을 마주치면 과연 싸울 수 있을까?"

어느 범 사냥꾼의 말에 모두 침묵했다. 같은 생각을 하고 있었기 때문이다.

착호와 함께라면 살 수 있겠지만, 그렇지 않다면 평범한 인간들이 범들에게 속수무책으로 당했던 것처럼 자신들 역시 괴물에게 찢겨 죽을 것이다.

거기다 사람들을 위해 목숨을 아끼지 않고 싸우는 착호의 제하가 현상 수배범이 되었다는 사실도 그들이 전의를 상실하는 데에 한몫했다.

환웅은 그 영상 속의 남자가 누군지 제대로 확인하지도 않은 채 제하의 목에 어마어마한 현상금을 걸었다.

심지어 죽여도 좋다고 했다.

범 사냥꾼들은 생각했다.

'우리는 대체 뭘 위해 싸우는 거지?'

제 75 화

증오의 끝 part 4

동철은 착호와 만나기로 한 회의실로 향하면서 그들이 아주 울적해하고 있을 거라고 생각했다.

예전에야 범에게 걸린 현상금 때문에 싸웠다고 해도, 지금은 아무 대가 없이 괴물과 싸우는데 도리어 제하의 목에 현상금이 걸렸다.

그러니 우울해지는 것이 당연하나.

회의실에 들어가기 전에 동철이 주의를 줬다.

"다들 쓸데없는 말은 하지 말고 적당히 기분 살피면서 얘기하자고."

"어련히 알아서 잘할까."

툴툴거리는 범 사냥꾼을 무시하고 회의실 문을 연 동철은 깜짝 놀랐다.

우울감에 젖어서 땅을 파고 있을 줄 알았던 착호가 평소와 다를 게 없는 표정으로 잡담을 나누고 있었기 때문이다.

"죽상을 하고 있을 줄 알았는데."

동철의 말에 세인이 씩 웃었다.

"허구한 날 이랬는데 새삼 죽상일 게 뭐가 있어? 오히려 이번 일로 알게 된 게 하나 있거든."

"알게 된 거?"

세인이 검지를 들었다.

"이살 그룹의 환웅."

범 사냥꾼들이 눈빛을 교환했다.

그들도 그동안 벌어진 일들로 여러 의심을 마음에 품고 있던 터였다.

호수가 말했다.

"일단 앉아서 얘기하자."

다들 자리에 앉은 후, 환이 물었다.

"다른 범 사냥꾼들 분위기는 어때?"

"안 좋아."

성희라는 이름의 범 사냥꾼이 대답했다.

그녀는 한때 여우라는 이름의 범 사냥꾼 무리의 팀장이었다.

여우 팀은 스무 명 정도의 소규모 팀이었는데, 범과 싸우다가 다섯 명이 죽고 그 후 여덟 명이 실종되어서 얼마 남지 않은 팀원을 이끌고 이곳에 온 터였다.

성희도 지난번 착호가 괴물과 싸울 때 그 현장에 있던 범 사냥꾼 중 한 명이었다.

"너희는 정말 강하더라. 괴물은 상상 이상으로 끔찍했고. 솔직히 말하자면, 범이라는 존재를 처음 알게 되고 처음으로 싸우게 됐을 때보다 훨씬 무서웠어."

다른 범 사냥꾼들이 그녀의 말에 공감한다는 듯 고개를 끄덕였다.

"그리고 더 솔직히 말하자면, 다 때려치우고 싶어."

아무도 성희의 말에 빈박하지 않았다.

범 사냥꾼들은 현상금 때문에 이 일에 뛰어들기는 했지만, 그 저변에는 신시를 원래대로 되돌리고 싶다는 소망이 깔려 있었다.

신시를 공포에 몰아넣었던 범들은 더 이상 인간을 공격하지 않게 되었는데 더 끔찍한 것이 나타났다.

싸움의 끝이 보이지 않는다.

너무 많은 사람이 죽었고, 너무 많은 사람이 죽어간다.

과연 신시가 예전처럼 돌아갈 날이 올까?

범들이 그랬듯 괴물들이 갑자기 인간 사냥을 멈춘다 해도 그때는 너무 늦은 것 아닐까?

범 사냥꾼들은 무기를 만지작거리며 생각에 잠겼다.

"하지만."

이윽고 성희가 고개를 들었다.

"그래도 싸워야겠지. 지금까지 싸워온 게 아까워서라도."

"그래, 맞아. 여기서 손 놓고 있다가 그 빌어먹을 괴물 새끼들한테 먹히면 그거야말로 개죽음이잖아."

"어떻게든 해봐야지. 그러면 어떻게든 되겠지. 일년 전까지만 해도 우리가 이런 힘이 생겨서 범 사냥을 하고 다닐 줄 누가 알았겠어?"

"괴물이 끔찍하긴 해도 범 사냥할 때처럼 뭔가 방법이 생기겠지."

범 사냥꾼들은 애써 용기를 끌어 올렸다.

마지막 한 조각 남은 용기, 희망, 소망, 그런 긍정적인 것들.

동철이 세인에게 물었다.

"이살 그룹의 환웅이라는 건 무슨 소리냐?"

범 사냥꾼들의 무거운 분위기에 눈동자만 또록또록 굴리던 세인이 얼른 답했다.

"아, 그거 말이야. 이번에 환웅이 제하한테 현상금을 걸었잖아. 그걸로 뭔가 확신이 생겼어."

"확신?"

"환웅이 의심스러웠으니까…… 아, 이걸 어떻게 설명하지?"

세인이 도움을 청하듯 일행을 돌아보자 주안이 말했다.

"작년 1월부터 지금 현재 3월까지 아주 많은 일이 있었는데, 거기에 항상 환웅이 있었어."

"그거야 환웅이 아무래도 크게 사업을 벌이고 여러모로 도움을 주니까 그런 거 아냐?"

범 사냥꾼의 반박에 주안이 고개를 끄덕였다.

"맞아. 처음에는 그렇게 생각했거든. 그런데 가만히 생각해 보면 이상한 점이 한둘이 아니야. 첫 번째, 현상금. 범에게 현상금을 걸어서 많은 사람이 범 사냥에 뛰어들었지. 그런데 방식이 너무 잔인해. 왜 굳이 범의 머리를 잘라서 가져가야만 했던 걸까?"

"증거가 필요하니까."

"증거는 영상이나 사진으로도 충분하지 않아?"

"영상도 사진도 조작할 수 있으니까."

가만히 있던 환이 검지를 세웠다.

"영화에서 보면 말이야. 외계인이 침공했을 때 각 나라의 수장들이 제일 먼저 하는 게 뭔지 알아?"

환이 갑자기 영화 이야기를 꺼내자 범 사냥꾼들이 서로를 쳐다봤다.

"전쟁 준비?"

누군가의 대답에 환이 고개를 끄덕였다.

"맞아. 전쟁 준비를 해. 그런데 그보다 먼저 하는 게 있어."

"⋯⋯."

"대화 시도."

"아⋯⋯."

"보통은 그렇잖아. 미지의 무언가가 나타났을 때, 이왕이면 평화롭게 아무 문제 없이 지나가기를 바라. 그게 제일 좋으니까. 그래서 대화를 시도하지. 적을 자극하지 않으려고 노력하면서 평화적인 방법으로 문제를 해결하려고 해."

하지만 환웅은 그러지 않았다.

범의 목적을 알아보려 하는 시도 따위는 없었다.

"물론 범이 다짜고짜 나타나서 인간들을 죽이기는 했지만, 희생을 줄이기 위해서는 범을 생포하든 뭐든 해서 대화를 해 봐야만 했어. 하지만 그러지 않았지. 오히려 목을 베는 잔인한 방식으로 현상금을 받아가라면서 싸움을 부추겼어."

범은 인간을 잡아먹고 인간은 범의 목을 썰었다.

"그 후에 환웅은 포수를 만들어서 무료로 배포했는데, 범 사냥꾼들은 사람들에게서 보호비 명목으로 돈을 뜯어내."

이 자리에도 그런 짓을 했던 범 사냥꾼이 몇 명 있었다.

그들이 민망한 듯 고개를 숙이는 걸 보며 주안이 담담하게 말을 이었다.

"그 때문에 인간과 인간 사이에 갈등이 생기지. 보호를 받을 수밖에 없는 사람들은 범 사냥꾼들을 원망하고, 범 사냥꾼들은 목숨 걸고 싸우는데 그깟 돈 때문에 자기들을 욕하는 평범한 사람들을 원망해. 그러던 중에 현상금 액수를 줄여서 갈등이 더 심해지지. 그리고 괴물이 나타나."

괴물이 언제부터 나타나기 시작했는지 정확하게 아는 사람은 아무도 없었다.

하지만 착호는 확신했다.

"괴물은 아마도 우리가 눈치채지 못했을 때부터 조용히 움

직이고 있었을 거야. 모든 실종과 모든 죽음이 범 때문만은 아
닐 거야."

지하 통로를 따라서 은밀하게 움직이는 괴물들.

그것이 하루 이틀 사이에 갑자기 생겼을 것 같지 않다는 말
에 모두가 동의했다.

"우리는 괴물을 알게 된 시점에서 여러 곳에 알리기 시작했
고 괴물을 목격했다가 살아남은 생존자들도 아마 인터넷에
글을 올렸겠지. 그런데 그런 글들은 올리자마자 삭제됐어. 철
저한 통제. 이 신시에서 이게 가능한 사람이 과연 누구일까?"

이살 그룹의 회장 환웅뿐이다.

"거기다 우리는 포수가 울려서 달려갔는데 그곳에 괴물이
나타나. 이번에도 그랬지. 포수가 괴물을 부르는 거 아닐까?
범으로부터 인간을 지키기 위해서가 아니라, 괴물의 먹이가
될 인간들을 불러모으기 위해 만들어진 것 아닐까?"

주안의 목소리가 단조로워서 오히려 소름이 끼쳤다.

범 사냥꾼들은 마른침을 삼키며 착호를 응시했다.

그들도 미심쩍다는 생각은 했고, 이상하다고 생각할 때마다
환웅이 떠오르기는 했다.

하지만 환웅은 너무도 거대한 존재였다.

신시의 실질적인 지배자.

그런 사람이 괴물을 부리며 인간들을 잡아먹게 한다는 걸 상상하고 싶지 않아서 자꾸만 떠오르는 생각과 의심을 애써 털어내며 지금에 이르렀다.

그런데 착호가 말한다.

환웅이라고.

"환웅은 내게 현상금을 걸었어."

제하의 음성이 차게 가라앉은 공기를 깨뜨렸다.

"그냥 날 생포하는 정도였다면 우리도 그럴 수 있다고 생각했을 거야. 그 영상은 정말 지독하게 끔찍했으니까. 하지만 날 죽이라고까지 했어. 내가 얼마나 많은 범과 싸워왔는지 알 텐데도."

제하의 입꼬리가 싸늘하게 올라갔다.

"환웅은 신시 시민들을 위해서 싸우는 내 어떤 점이 마음에 안 드는 걸까? 내가, 우리가, 자꾸 괴물을 죽여서 화가 났나?"

순간 범 사냥꾼들의 머릿속이 맑게 갰다.

더는 부정할 수 없었다.

환웅이다.

범 사냥꾼들이 알아낸 정보에 의하면 제하를 죽이기 위해 특수부대가 나섰다고 했다.

환웅이 정말로 신시를 위한다면, 제하가 범을 아무리 끔찍하게 고문하고 죽였더라도 제하의 사살 명령을 내려서는 안 되는 일이었다.

제하의 말대로 생포해서 이야기를 들어볼지언정, 신시 시민들이 영웅처럼 여기는 제하를 죽여서는 안 되는 일이었다.

동철이 끄응, 하고 앓는 소리를 냈다.

"젠장. 환웅이라니⋯⋯. 대체 환웅이 왜? 이 신시에서 제일 대단한 사람이잖아. 모든 걸 다 가졌는데 왜⋯⋯, 아니, 아니, 애초에 뭘 하고 싶은 거지?"

"그러게. 환웅이 그런 식으로 행동해서 얻는 게 뭐야? 아니, 그리고 환웅도 돈이 많아서 그렇지, 돈 빼고 보면 그냥 평범한 인간이잖아. 그런데 어떻게 괴물을 부려? 그 괴물들은 어떻게 만들어낸 거고?"

범 사냥꾼들은 환웅이 이 모든 일의 뒤에 있다는 걸 믿게 되었지만 여전히 혼란스러웠다.

그때, 환이 또 검지를 세우며 끼어들었다.

"영화에서 보면 말이야. 환웅처럼 정점에 오른 인간 중에 약간 여기가 이상한 놈들이 하는 생각이 하나 있거든."

환이 제 관자놀이를 톡톡 두드리며 말을 이었다.

"저 높은 곳에서 아래를 내려다보면서 힘차게 살아가는 사람들을 보며 생각하는 거지. 구질구질한 바퀴벌레 같은 놈들. 저 지저분한 것들을 싹 다 없애버리고 괜찮은 놈들만 추려서 완벽한 세계를 만들어야겠다. 나만의 완벽한 왕국."

"하!

몇 명이 헛웃음을 터뜨렸지만, 환의 말을 허무맹랑하다고 생각해서가 아니었다.

현실에서도 그런 생각을 하는 지배자가 있어 왔으니까.

환이 말했다.

"뭐, 내 생각이 꼭 맞다는 건 아니고. 그럴 수도 있다는 거지."

"그럼 환웅은 그 괴물을 어디서 어떻게 구한 거지? 그리고 어떻게 그런 괴물을 자기 마음대로 부릴 수 있는 거야?"

제 76 화
인왕산 part 1

성희의 질문에 환이 미간을 모았다.

"그것까지는 우리도 모르겠어. 하지만 이 신시에 우리 인간만 있는 줄 알았는데 범도 있고, 표리 같은 두두리도 있었잖아."

"환웅이 인간이 아닐 수도 있다는 건가?"

"어쩌면. 아마도."

"미치겠네."

성희가 두 손으로 얼굴을 쓸었다.

공기가 무겁게 가라앉았다.

제하는 범 사냥꾼들이 난처해하는 이유를 알고 있었다.

신시의 모든 공권력이 환웅의 발아래에 있었다.

잘 훈련받은 특수부대라고 해서 범 사냥꾼들을 이기지는 못하겠지만, 인간과 싸워야 하는 상황이 올지도 모른다.

"답답하겠지."

조용히 앉아 있던 하루가 말했다.

"그러나 지금껏 답답하지 않은 순간이 언제 있었나. 우리의 적은 명확해졌으니 그 뒤에 평화가 있다는 것 또한 명확할 터. 지금부터 우리가 해야 하는 건 희생을 최소화하는 방법을 찾는 것……."

콰앙-!

하루의 말이 끝나기도 전에 회의실의 문이 거칠게 열렸다.

모두 깜짝 놀라 무기를 쥐고 일어났다.

표리였다.

범 사냥꾼들은 표리의 상태를 보고서 더 놀랐다.

그가 뒤집어쓰고 다니는 망토가 이리저리 찢기고 온몸이 피투성이였다.

"표리!"

제하가 날 듯이 달려가 표리를 부축했다.

표리가 헐떡거리며 제하를 올려다봤다.

"괴물……. 우리가 사는 지하에…… 괴물이……."

표리는 크게 다친 건 아닌지 제하에게서 벗어나 손등으로 얼굴에 묻은 피를 닦아냈다.

한참을 달려오느라 숨이 찰 뿐이었다.

표리의 얼굴은 슬픔으로 일그러져 있었다.

도건이 물었다.

"괴물이 너희를 습격한 거냐? 너희 사는 곳은 찾기 힘든 거 아니었어?"

"그놈들이…… 지하를 기어 다니고 있어. 그러다가 찾아냈겠지. 어쩌면 우리 동족의 뒤를 밟았을지도……."

주안이 조심스럽게 물었다.

"너희 동족은……?"

"반은 죽었어."

표리가 짓씹듯이 대답하며 두 눈을 질끈 감았다.

눈썹 아래로 뜨거운 눈물이 흘러내렸다.

"반은…… 도망쳤고."

"어디로? 안전한 곳이 있어?"

표리가 두 눈을 번쩍 떴다.

"인왕산."

하루가 어깨를 움찔했다.

"인왕산? 거기에 안전한 곳이 있는 게냐?"

"그건 우리도 몰라. 다만 그곳에서 우리의 힘이 시작된다는 이야기가 있어서…… 혹시나 하는 마음에……."

표리는 손목으로 눈물을 닦았다.

"나도 인왕산으로 갈 거야. 그전에 너희한테는 말해줘야 할 것 같아서……."

"데려다줄게."

제하의 말에 표리는 사양하려다가 무슨 생각이 들었는지 제하를 빤히 올려다봤다.

그러더니 고개를 끄덕였다.

"그래, 그게 좋겠어."

"괴물이 너희 뒤를 쫓고 있었어?"

"우리는 미로처럼 뻗은 길로 흩어져서 움직였어. 모두를 쫓아가진 못했을 거야. 몇 명은……."

표리의 목소리가 떨렸다.

"살아서 도착했겠지."

제하가 범 사냥꾼들을 돌아봤다.

"괴물들과 싸워야 할지도 몰라. 우리는 표리랑 인왕산에 다녀올게."

"우리도 같이⋯⋯."

"아니. 위험할지도 몰라."

"위험하니까 더더욱 같이 가야지!"

"싸워야 할 상대가 누군지 명확해졌잖아. 그걸 아는 건 당신들뿐이야. 반드시 돌아올 테니까 환웅이 어떻게 움직이는지 주시해줘."

범 사냥꾼들은 이 이상 착호를 따라가겠다고 말할 수가 없었다.

자신들이 착호의 싸움에 큰 도움이 되지 않을 걸 알기 때문이었다.

어쩌면 발목을 잡게 될지도 모른다.

그렇다고 해서 착호에게 표리를 내버려두라고 할 수도 없었다.

두두리 일족 덕분에 범 사냥꾼들은 이제까지 중 가장 좋은 무기를 하나씩 손에 넣게 되었다.

뒤에서 조용히 도와준 그들을 모르는 척할 수는 없다.

제하는 동철에게 고개를 끄덕인 후 표리와 함께 회의실을 나왔다.

인왕산까지는 지하 통로로 이동하기로 했다.

제하에게 현상금이 걸린 상황에서 검문하는 군인과 마주치기라도 하면 귀찮아진다.

지하 통로는 미로처럼 복잡했고 계속 여러 갈래의 길이 나타났다. 하지만 표리는 망설임 없이 발을 내디뎠다.

"표리, 인왕산에 뭐가 있는 거야?"

제하는 아까 표리가 '그곳에서 우리의 힘이 시작된다는 이야기'라고 말했던 게 마음에 걸렸다.

"장로님한테 들은 건데, 거기서 제를 올리면 우리의 힘이 강해진다는 얘기가 있대."

그러면서 표리는 장로에게 들었던 신단수와 고대의 힘에 대한 이야기를 전했다.

범바위 뒤의 결계라는 대목에 이르자 착호는 하루를 돌아봤다.

하루는 깊은 생각에 잠겨 있어서 그들의 시선을 눈치채지 못했다.

"전에 한 번 갔었는데 그 근처에 괴물들이 어마어마하게 많았어. 그곳에 뭔가 있는 게 확실해. 그래서 다들 그쪽으로 도망친 거고."

"하지만 거기 괴물이 많다면……."

세인이 말을 끝맺지 못했다.

너무 가혹한 결말이기 때문이다.

하지만 표리는 주먹을 꽉 쥐었을 뿐 곧은 눈으로 어둠을 노려봤다.

"우리 일족은 만드는 재주가 있을 뿐 싸우는 재주는 없으니 괴물 한 마리를 이기지 못하고 모두 죽겠지. 하지만…… 오래전에도 우리는 살아남았어. 그러니까 이번에도 살아남을 거야"

신시에 내려온 모든 범이 후포의 앞에 기립해 있었다.

후포는 조용히 제 동족들의 수를 세었다.

육십칠 명.

이백 명이 넘는 범이 신시에 내려왔었는데 대부분이 죽고 육십칠 명이 남았다.

이 중 대부분은 범 사냥꾼들에게 죽었을 것이다.

범 사냥꾼들이 동족의 머리를 들고 킬킬거리는 걸 생각하면 속이 쓰리지만.

'인간도 많이 죽었지.'

뼈아픈 패배였다.

신시의 모든 인간을 죽이는 데 이백 명이면 충분하다고 생각했다.

결계가 깨지며 힘이 흘러나와 인간 중에도 고대의 힘을 되찾는 사람들이 생길 거라고 예상하지 못한 것이 패착이었다.

하지만 인제 와서 생각해보면 실패한 것이 다행인지도 모른다.

만약 인간을 모조리 죽였다면 신시의 어둠 속을 돌아다니는 괴물을 상대하는 건 오롯이 범의 몫이 될 터였다.

'아직 결계 안에 남아 있는 동족을 위해서라도······.'

신시의 괴물을 모조리 처리해야만 한다.

인간은?

글쎄, 아직 거기까지는 생각하지 못했다.

중요한 건 괴물이다.

그리고 환웅.

마음 같아서는 당장이라도 환웅을 찾아가 그 교활한 얼굴을 떼어내고 싶지만, 왜인지 그래서는 안 될 거란 생각이 들었다.

괴물을 부리는 자다.

범 여럿이 달라붙어도 이기기 힘든 괴물의 주인이다.

분명 드러내지 않은 힘이 있을 터.

놈의 팔다리인 괴물들을 제거하는 것이 우선이다.

"신시에 괴물이 있다."

후포의 선언에 범들은 놀라지 않았다.

그들도 괴물을 목격한 적이 있기 때문이다.

"그것의 정체는 알지 못한다. 하지만 그것이 우리 동족을 죽였다는 건 알지."

크르르르―

여기저기서 분노에 찬 소리가 흘러나왔다.

"이제 우리는 괴물을 죽이는 걸 최우선으로 한다."

"괴물을 어디서 찾습니까?"

누군가 물었다.

후포가 마로를 힐끗 보고는 검지로 땅을 가리켰다.

"지하."

✧ ✧ ✧

이살 타워의 꼭대기 층에서 환웅은 거리를 내려다보았다.

환웅은 팔짱을 끼고 있었는데 그의 검지가 계속 팔뚝을 두드린다는 걸 그 자신도 눈치채지 못했다.

'왜지?'

무언가 이상하다.

제하의 목에 막대한 현상금을 걸면 범 사냥이 시작되었을 때처럼 너도나도 제하를 잡으려고 나설 줄 알았다.

하지만 제하를 잡기 위해 눈을 빛내는 인간은 손에 꼽을 만큼 적었다.

심지어 군인과 경찰들까지도 제하를 잡고 싶지 않다는 듯 미적거렸다.

'어째서?'

인간은 아주 탐욕스럽고 이기적인 존재다.

제 뱃속을 불리기 위해 자기보다 약한 자에게 사기를 치기도 하고, 빵 한 조각 때문에 남을 죽이기도 한다.

그런데 왜 지금은 그렇게 움직이지 않는 걸까?

'내가 너무 여유를 부렸나?'

아이들을 만들기 위해서는 환웅의 살과 피, 그리고 힘이 필요했다.

잉태하여 새 생명을 자라게 하는 것이 아닌, 제 몸의 일부를 나눠주어야만 가능한 일이었다.

고대부터 지금까지 이 순간을 위해 꾸준히 '아이'를 만들어온 환웅은 오래 살아온 것치고는 많은 성장을 하지 못했다.

아이를 만들 때마다 살과 힘, 기억 같은 것들을 나눠주어야 하기에, 오랜 삶을 산 존재들이 자연스럽게 갖게 되는 지혜와 여유가 부족한 편이었다.

그래서 일이 어긋나자 초조함을 감출 수가 없었다.

아직 깨어나지 못한 아이들이 많았다.

그 아이들을 만들어내느라 너무 많은 힘을 소모했다.

인간과 범을 싸움 붙여서 그들이 예전처럼 자멸하기를 기다릴 생각이었다.

자기들끼리 싸우고 증오하는 모습을 보는 게 재미있기도 했다.

어쩌면 완벽한 순간만을 바라다가 너무 늦게 움직였는지도 모르겠다.

'아니, 너무 늦은 건 없지.'

척살검을 가진 제하는 아주 거슬리는 존재였지만, 그렇다고 해서 상대하지 못할 것은 없었다.

제아무리 척살검을 갖고 있다 해도 제하가 타배가 되는 일은 결코 없을 것이고, 타배가 아닌 자는 환웅을 이기지 못한다.

아니, 타배조차도.

'나는 그 타배를 이겼지.'

환웅의 입가에 만족스러운 미소가 떠올랐다.

발작적으로 움직이던 손가락도 멈췄다.

타배가 마지막으로 지었던 그 멍청한 표정을 떠올리면 아직도 웃음이 나왔다.

돌아서는 환웅의 눈에 커다란 화면이 들어왔다.

화면에는 어느 유명 커뮤니티의 게시판이 비치고 있었다.

[제하 지킴이 구합니다.]

[착호를 지키는 모임]

[착호를 구하는 모임 구해요.]

[아무리 생각해도 제하한테 현상금을 거는 건 너무해.]

[환웅, 정신질환인가?]

게시판의 글들을 보자 다시금 속이 뒤집혔다.

착호를, 제하를 칭송하는 멍청한 인간들과 고대에 타배를 따르던 범과 곰들이 겹쳐졌다.

멈췄던 손가락이 다시 빠르게 팔뚝을 두드리기 시작했다.

한 번도 느껴보지 못한 초조감에 환웅이 침잠했다.

오래전 타배의 어깨에 올라타 신시에 들어온 순간부터 모든 것이 환웅의 안배 하에 움직였다.

지금처럼 예측을 벗어난 적이 한 번도 없었기에 환웅은 처음 느끼는 불안함을 견디기 힘들었다.

"조금."

환웅의 입가에 서늘한 미소가 내려앉았다.

"앞당겨볼까?"

〈7FATES: CHAKHO〉 6권 끝

7FATES
CHAKHO 6
WITH BTS

2023년 12월 20일 초판 1쇄 발행

기획/제작 | HYBE
공동기획 | WEB TOON

발 행 인 | 정동훈
편 집 인 | 여영아
편집국장 | 최유성
편   집 | 양정희 김지용 김혜정 김서연
디 자 인 | DESIGN PLUS

발 행 처 | (주)학산문화사
등   록 | 1995년 7월 1일
등록번호 | 제3-632호
주   소 | 서울특별시 동작구 상도로 282 학산빌딩
편 집 부 | 02-828-8988, 8836
마 케 팅 | 02-828-8986

ISBN 979-11-411-1993-5 03810
ISBN 979-11-411-1987-4 (세트)

값 9,800원